마음에 고운
별이 쏟아지고

손옥경 孫玉炅 호는 덕천德天

1956년 전북 진안에서 태어나 한국방송통신대학교
행정학과를 졸업하고 서울시립대학교 도시과학대학원
방재공학과(공학석사)를 졸업했다.
현재 서울 동작소방서 예방과 위험물안전팀장으로 재직 중이다.
1997년 3월 〈문학공간〉에 시 신인상을 수상하며 등단하였고,
2008년 7월 한국자유문예협회 시 부분 신인상도 수상했다.
또한, 한국문인협회, 국제 펜클럽 한국본부, 한국공간시인협회,
예띠 시 낭송회, 전국 공무원 및 소방 문학회, 서울시 글 사랑회,
동작문인협회 회원으로 활동 중이다.
지금까지 시집 《내가 그곳에 있음을》
《삶이란 향기를 건져 올린 그대》 등을 펴냈다.

마음에
고운 별이
쏟아지고

손옥경 시집

추천사

  손옥경 시인의 시집 출판을 진심으로 축하합니다.

  한평생을 소방 안전 현장에서 국민의 생명과 안전을 지켜 오면서 틈틈이 부단한 문학 창작의 길을 걸어온 시인이 감사와 사랑의 메시지를 순수하고 꾸밈없이 담은 시집입니다.

  그의 시집 《마음에 고운 별이 쏟아지고》는 여는 시를 시작으로 '희망의 단초' '유월의 유혹' '가을을 품고서' '결실 그리고 또 담금질' '추억의 여행' '잊을 수 없는 그리움들' 등 6부로 구성되어 있는데, 삭막한 이 시대를 시인으로 살며 느낀 정서가 고스란히 담겨 있습니다.

  사람들의 마음에 남을 빛나는 글쓰기에 반평생을 헌신하신 가운데 창작한 옥고이니만큼 뜨거운 격려로 축하합니다.

  예술 창작은 고독한 일입니다. 자기 자신과의 피나는 싸움입니다. 수많은 고통을 이겨 낸 결정체이기에 문학

작품에는 생명이 있고 우주가 담겨 있습니다. 또한, 인간에 대해 끊임없는 탐구이기에 아무런 해석을 달지 않아도 사람들의 마음을 열고 서로를 가깝게 한다고 어느 평론가는 말했습니다.

예술은 문화의 꽃이며 인간의 빛이라고 합니다. 현대 사회는 문화가 국력을 가늠하는 문화 예술의 시대입니다. 이번에 손옥경 시인의 시집《마음에 고운 별이 쏟아지고》는 한국의 문화적 정체성을 확립하고 문학의 수준을 한껏 높여 줄 것입니다.

아울러 문학인들에게는 문화 예술을 쉽게 이해할 수 있는 길잡이 역할을 할 것으로 기대합니다. 어느덧 세 번째 출판하는 이 시집은 문학의 발전을 기약하며 꾸준히 글을 써 오셨기에 맺어진 결실이며 경이로운 축복입니다.

우리 모두 축하와 찬사를 금할 길 없습니다. 새해를 맞이해 문화 예술인으로서 문운이 더욱 왕성하시길 축원하며 추천사를 갈음합니다.

2016년 새해를 맞이하며 동작문인협회 회장 김영석

책머리에

겨우내 움츠렸던 대지가 드디어 기지개를 켜고 선 하품을 한다. 산언덕이 졸졸 흐르는 개울물 사이로 새 생명이 움트는 소리, 그 소리가 신비롭다.

그것은 신이 내린 즐거운 선물 사계절 중에 으뜸인 봄. 하루가 다르게 푸르름으로 채색되어 가는 푸른 초장, 봄기운이다. 매화꽃, 살구꽃은 담백한 수수로움의 치맛자락이다.

내가 사는 나라가 사계절이어서 너무나 자랑스럽다. 요즈음은 기후 변화로 지구가 몸살을 앓고 있다. 우리라고 예외는 아니다. 자연의 소중함을 절실하게 알려 주는 살아 있는 배움터이다.

은근의 봄이 태동하는가 싶더니 신록이 우거진 오월과 무더위가 시작되는 유월, 장맛비가 몰아쳐 내려 많은 근심과 피해를 주기도 하지만 시련과 고통을 감내하여 곧이어 다가오는 결실의 계절, 가을을 맞이한다. 평화로운 가을걷이가 시작될 풍요로운 들판은 신이 내린 최상의 선물일 것이다.

그뿐이 아니다. 온천지를 하얗게 색칠하는 겨울의 운치와 혹독한 추위는 새해와 봄을 기다리게 하는 철학이 아닐까. 왠지 우리네 인생을 생각하게 한다.

불혹(不惑)을 지나 지천명(知天命), 이제 삼십 년 세월을 함께한 정든 직장에서의 퇴임도 눈앞에 다가왔다는 현실에 나를 돌아보게 되었다. 이제 다시 한 번 날 담금질을 하여 본다.

타는 목마름의 그리운 어머니와 어릴 적 추억의 잊을 수 없는 고향. 내 사랑하는 119와 서울 동작소방서 서순탁 서장님과 예방과 직원들. 격려하고 도와준 선·후배 문인들. 직장 동료 그리고 사랑하는 나의 가족, 친지, 친구들. 모두 신이 주신 즐거운 선물이다.

이번 시집을 완성하게 도와준 청어람 출판사의 서경석 대표와 김영석 장로님이시며 동작문인협회 회장님, 중학교 때 은사 최옥현 선생님, 소방문학회와 서울 글사랑회, 동작문인협회 분들. 그밖에 주변의 날 아는 모든 이들에게 진심으로 감사드린다.

2015년 겨울 오후에 손옥경

제1부

희망의 단초

보라매공원에는

푸른 숲 분지로 넘쳐난
보라매공원은
해 질 녘이면
멋진 연출을 한다.

음악 소리에 신명 난 물 분수가
환상의 손놀림
교향악 되어 한창이다.
주변은 인산인해
탄성을 지른다.

뜨거웠던 지열도 한순간에 녹여내어
호수는 섬세한 음성으로
때론 강렬한 목소리로
수만의 물줄기
시원하게 쏘아 올린다.
답답하던 체증이

불어온 바람에 쓸려간다.
사계절 그림처럼
녹아든 푸르름의 공원

주상복합 고층건물 뒤편으로
서서히 사라지는 햇빛 그림자
음악과 물분수가
정열의 키스를 한다.
젊은 연인들은 환희의 얼굴이다.

보라매공원의 봄

보라매공원은
바야흐로 꽃들의 잔치

겨우내 움츠렸던 그들
기지개 활짝 켜고

수줍게 내민 얼굴
반갑게 맞이한 햇살

간질이는 봄바람
화사한 연분홍빛 머플러

하루 밤사이
탄성이 절로 난다.

개나리
진달래

산수유
향기 가득 라일락
흐드러지게 피인 목련

휘~이 늘어진 연둣빛 수양버들
유난하게 길었던 지난겨울
참고 견디어 낸 忍苦의 세월

그래서
보라매공원은 늘 살아 있는
앙증스런 오월이다.

녹색 바다 _봄날 1

산바람 소리
물결치는
푸름의 파도 소리

노 젓는 사공의
휘파람 소리가
어울려 다가온 새소리

은밀하게 내밀어
솔잎 사이로 맺혀진 봄의 사연

송홧가루 풀 먹여
너울춤사위
신록의 생명나무는
하늘 가려 온 녹색 바다

향긋한 봄 냄새

샛길은 놀라운 변모의 태동
날렵한 발걸음 소리가
따라와
끝없이 이어지는 대화

등산로의 산행길은
연녹색의 속삭임
그리움이 녹아든 바람
지나는 시간은 향긋하다.

생명의 봄 _봄날 2

꽃 소식이
꽃 냄새가
그림처럼
내 마음에 다가와
내 안 가득 꽃향기가
차오르네요.

봄빛 아지랑이
아른거려
동구 밖 언덕길가

님의 모습은
진달래
개나리
흐드러지게 피인 벚꽃 무리

매듭으로 이어진

가녀린 가지마다
생명의 봄 피워 내어

움 틔워 물오른 그림 같은
푸르름의 너울성 파도가
그대 향해 손을 흔드는 그리움
참을 수가 없네그려.

봄날의 음성 _봄날 3

심술 난 황사가 바다 건너와
돌아다녀도
버들개지 풀피리 소리
아지랑이 피어오른 시냇물
얼음 풀린 산야
낙엽 이불 덮인 그 자리
여린 생명의 손짓이
뾰쪽하게 내밀어
산행하는 등산객들
한몸이 되어 상큼 달콤하게
들꽃들은 그 이름 불러 달라고
봄바람에 실려 속삭인다.
산 계곡마다
너도바람꽃과
복수초와 노루귀 앞다퉈 피어난다.
밟지도 말고
꺾지도 말고

캐지도 말고
그 자리에 서서 살아가게
수줍은 미소를 볼 수 있게
간질이는 봄날의 음성이 들려오네.

그리움의 노래 _봄날 4

싱그런 푸르름이
속삭이듯 다가와
새악시 볼을
살며시 간질이면
오월의 장미가 화사하게 웃는다.

간밤에 흐른
봄비가 가녀린 어깨 위로
세월을 일으켜 세우고
한 폭의 산수화

첫 연정되어 다가와
관악산자락은
온통 연두색 물결
아카시아 향기가 가득

능선의 끝자락

보라매 공원 분지
하늘색 머플러 사이로
넝쿨처럼 엉켜와
마디마다 피어난
빠알간 장미 꽃송이

오월의 하오는 그 가시에 찔려
달콤한 영혼의 부름
불러내어 손잡은 산바람은
여심(女心)을 부여잡고서
그리움의 노래를 탄주하고 있구나.

봄날에

창밖에는 봄비가
단비가 되어 대지를
적셔 주고 있네요.

초록의 엽록소를
드러내어
세상 향하여
미소를 날릴 때

겨우내 힘들어 하던
그날들이
어느새 봄눈 녹듯이
내 마음은 봄물로
물들어와
사월의 신록을
준비하고 있네요.

남녘으로부터 북상하는
꽃망울의 소식들
행복의 전령사 되어

이곳 서울 도심도
백목련이 방긋
개나리 진달래가 손 흔들어
여의도 윤중로의 벚꽃이 만발할 때

은빛 물결 아리수의 둔치는
부여잡은 연인들의 화사한
얼굴 그대로입니다.

봄날의 오후

쪽빛 윤사월이다.
흐드러지게 피인
벚꽃들의 향연이
바람에 일렁이며
봄을 노래한다.

출동 중에 여의도 둔치는
꽃 잔치의 물결이
시작되었네.

은빛 물결의 한강따라
자전거길의 경쾌한 질주
휘~이 늘어져 채색한 수양버들
손짓하는 음성들

맑고 고운 하늘은
올림픽대로의 고속도로 진입로

거북이걸음
사이렌 소리에도 소용이 없었던
오후의 모습

흑석동 원불교회관 옆 폐자재 더미 화재
소리 없는 아우성처럼 불꽃은 사그라지고
거친 숨소리 물 뿌리는 소리
이제는 다시 원점으로 돌아 귀소

길섶에 피인
벚꽃들이 손 흔들어
차창 밖으로 환호성
그래서 봄날의 오후인가 보다.

봄바람

산들바람의 미소
귀 기울여 들려오는 음성
생명이 움트는 소리
살며시 비집고서
대지 위로 얼굴을 내미는 연녹색
두근대는 심장 소리

맑고 청아한
새들의 합창
바람의 파도따라
들려온다.

둘레길가
앙상한 나뭇가지 위에
촉수 열어 봄맞이
촉촉하게 물들이는
봄비가 간질이면

향기 가득 꽃봉오리
이 땅에 머무는 그 시간
삶의 여정은 순간
꽃샘추위도 이겨 내어
마음의 밭을 날마다 가꾸어 낸 그대

그대 때문에 행복했었네
찬란한 봄 냄새
소곤소곤 아지랑이 그리움
내 안 가득 살아 숨 쉬는
고향 언덕이 다가오고 있고

봄비 1

창밖에는 봄비가
제법입니다.

남으로부터 북상하는
봄소식은
꽃길 따라
유연하게 피어오른
벚꽃들이 눈부십니다.

어쩜 그렇게 하얀지
파르르 떠는 백목련의 잎사귀 위에도
가는 초봄이 아쉬운 듯
봄비가 넉넉히 보듬어 주고 있네요.

봄바람 따라
꽃비가 내려와
통로는 온통 꿈의 하얀 나비

가지마다
물오른 생명의 음성이
움 틔워 너른 대지
건반을 두드려
아름다운 교향악

실비는 그렇게 가슴으로
촉촉이 사랑을 주는
화평의 오후
신이 주신 최고의 선물
봄비입니다.

봄비 2

촉촉이 보라매 분지 위에
생명의 움을 틔우려고
너른 대지를 간질이고 있네요.

절절히 아픔의 경제이지만
오고야 마는 새봄을
그래도 임이 오는
그리움의 아지랑이
봄날의 향기를
그대와 같이 기다릴래요.

중장년의 세월 뒤 안가
식은 가슴에 정열과
열망의 봄 향기를 지펴 줄
뜨거운 심장을 피워 올릴
가녀린 수양버들과
버들개지의 봄 피리 소리

연녹색으로 점점이 물들어
희망의 향연이
졸졸 흐르는 실개천
그대 생명을 녹여와

탄주되어 사랑으로
보랏빛 봄비는 교향악 되어
영혼으로 울려오네요!

봄소식

사월이 오는 소리
살며시 들려오네.
시샘하는
황사 먼지가 창밖의
시야를 흐리지만

남과 북의 소리 없는 총성이
들리는 듯
미디어를 장식하고 있지만
관악영봉 너른 산들자락
계곡 사이로
아지랑이 피어오르면
숨어 있던 개나리 진달래
휘~이 늘어진 수양버들

남녘의 산수유
백목련이 수줍게 고개 들고 피워 내어

생명의 불씨

움터 오는 아름다운 아픔이
찬란한 봄의
환희의 미소를
뿌려 줄 사계절 중에 으뜸
시냇가 버들개지 사이로
흐르는 물소리

가슴으로 물든 음성
그리움의 환청 되어
봄소식 들려오고 있고

산행

솔잎 사이 꿈꾸듯
매달린 솔방울이 덩실거려
그네를 탄다.

시샘하는 봄바람이
차갑게 느껴지지만
연녹색의 푸른빛무리
이름 모를 새소리가
합창을 한다.

풍화 작용 속에 퇴적된 바위틈새
피어난 들풀들
이루어져 쌓인 관악영봉
옅은 하늘 구름
능선 따라 흘러내린 계곡들

오늘따라

따사로운 햇살이
님 마중 나온 오후
긴 겨울 견디어 내어
상춘객을 맞이한다.

상큼한 봄바람이 허공으로
홀씨 되어 흩어진다.
그래 나는 무엇의 존재인가
산행길마다 발걸음 소리는
날 따라 다가온다.

새 희망을 위하여

아픔 속 어두움을
한숨에 떨쳐 버리고
은빛 날개 타고 날아올라라.

한줌의 눈물이 되어
저 거리에 흩뿌려진다 해도
오늘의 현실을 위해서
수만의 시간을 아껴 왔노라

활짝 핀 서설(瑞雪)
미래의 꽃으로
환생하기 위하여
백두대간에 펼쳐진
험준한 산맥 줄기 타고
백두에서 한라 정상까지
한없이 내리는 순간의 영혼들

이곳 서울 도심 위에 아픔을 치유하는
천사의 날개 달고 유유히 내려라.

회생(回生)의 경제 바람에 실려
世界 속에 우뚝 선
저력의 한국 속에 동작인,
안전 지킴이 기개 넘친 동작 119 사나이들이여
이 강산 누리에 풍성하게 내려다오.

새 아침 2016년도 밝혀 와
새 희망으로 신의 은총과 축복이 있을진저

새벽 달빛을 보면서

새벽 달빛을 보며
기축년(己丑年) 새해 새벽을 연다.
온 누리 가득히 뿌려진 너의 향기
열정으로 태워진 간밤의 세월을
문풍지 사이로
바람처럼 왔다가 갔나 보다.

먼동 터 오면 그대 밤의 시선은
내일을 기약하며 사라지겠지
새벽을 두드리는
음성으로 희망의 하루를 시작한다.

가슴 가득히
넉넉한 보름달은 은근의 미소
찬 서리 냉기가 뚝뚝 떨구어
내어진 정월이지만

스치듯 한 순간의 그림자
지구가 생성한 그날로부터
너는 그렇게 신비로운 모습으로
꿈속에서도 반겨 주는 보드라운 손길

먹먹하게 달아오른 추억의
편린을 엮어 내어
추억의 뒤안길에서
사알짝 꺼내어 바라본
고향 언덕 그 달빛이 그립다.

오월의 일상

오월의 봄비가
검푸른 산야를 찾는다.
뛰어오는 어린아이 발걸음 소리
리듬을 타고 내리는
봄의 여인네

여리디여린 새순이
돋아난 대지는
생명의 화답

물기 머금어 피어난 연무
연녹색 잎사귀들
한 뼘을 자랐다.

보드라운 봄비가 간질이면
화들짝 하늘 향해 피어오른
양상추와 아욱들

쑥갓
그리고 피마자
고구마와 호박 넝쿨
고추와 가지도
합류를 한다.

덩달아 여기저기 잡풀들도
얼굴을 내민다.
텃밭이랑은 녹색 물감
신록의 오월은
늘 풍성한 밥상

오월의 장미

오월의 화사한 입술 미소
요염한 한 떨기 장미 꽃송이
담장 위에서
거리에서
공원에서
그대의 요염한 얼굴에서
푸른 초록 은빛으로
넘쳐난 오늘의 그대 심장으로
피워 넘쳐흐른 오후

그처럼 타오르는 염원의 그리움
온통 푸르름으로
앙증스레 어울려
봄바람에 나풀거려
따라오는 봄 향기가
눈부시게 야무지다.

오월은 성숙한 사랑이다.

가시에 찔려 붉은 선홍빛의 핏빛처럼

고운 자태 속에 숨어 있는 고독

차마 아쉬움의 뒷모습

아픔의 한(恨)을 감내하려

뚝뚝 떨어져 내리는 장미꽃잎들

제2부

유월의 유혹

꽃비 花雨

서울의 중심 여의도
윤중로는
왕 벚꽃 일천육백여 그루
꽃망울 터트려
꽃잎들의 환한 미소 잔치
봄바람이 간질이면
꽃 입술 머금은 그녀
화답을 한다.

온몸으로 훨훨 날아
대지 위로 꽃비(花雨)되어
하강하는 선녀
그리움을 기약하듯이
내려와 그대 품에 안긴다.

그 누가
혼례길이라 했던가.

수만의 상춘객들 환호성
재잘되는 그녀들의 고운 음성
듣고 싶어

하이얀 꽃잎들 피앙새 되어
가녀린 어깨 위에
찰랑이는 머리칼 위에
살포시 뽀뽀한다.

짜릿한 전율의 꽃 대궐
영혼의 혼백으로 화한 꽃비
꽃과 자연이 하나가 되는 순간

남천南天

푸름 잎새 뿌리 내어
고귀한 자태가
층층이 쌓여 올라

동작 누리 분지 위
붉은 염원의 꽃으로
봄볕에 하얗게 피어나
원추꽃차례를 이루고

가을빛에 익어 붉은 열매 아름 가득
혼신의 몸으로 뿌리내린 껍질과 몸통
위장과 눈에 특효약이란 그대

매자나무과에 속하는 상록관목
남천촉(南天燭)
남천죽(南天竹)으로도 불리우는 너

옷깃을 여미는 바람 소리

깊어 가는 입동(立冬)에도

그대는 빨간 단풍의 머플러

휘~이 감아 내어 사계절 변신의

그리움 불러 내린 고운 자태를 뽐내고 있구나.

동행

가슴에 뜨거운 응어리
식혀 줄
시원한 솔바람
멈출 줄 모르고 흐른
숲 속의 짙은 향기
그리움에 단비 같은 사랑

관악의 너른 산천초목
협곡 사이 수만의 생명
초록으로 물든
희망의 길라잡이

중년의 고독이 나이테만큼
잠든 영혼
메아리 되어
빗장 걸린 마음을
열정으로 연다.

연륜으로

녹여내는 오후의 그림자

세월의 뒤안길

동행의 벗이 된다.

바다가 있는 풍경

너른 바다 그대가
보고파서 한달음에 달려온
화성 궁평항
서해안 해조음 무르익어
점점이 다가온 섬들이
손을 흔들어
날아오른 바닷새들이 합창을 한다.

은빛 날개 다가와
속살을 드러내면
허연 개펄은 생명의 고동 소리
숨소리로 가득 찬다.

낚싯대 드리워
세월 잊은 손 자락은
평화 속에 소리 없는 전쟁을 보듯
힘차게 낚아채는 강태공

큰 눈을 껌뻑거려
뭍으로 한 생을 마감한다.

붉은 노을이
해안 가득 차오르면
낙조는 길게 드리워
유영하는 고추잠자리
비릿한 냄새
갯지렁이가 바닥을 보일 때
어둠의 그림자 드리워
별이 빛난 석양
바다가 있는 풍경이다.

바다낚시

앙증스런 배
올라탔다.
퍼어런 바다 일렁이는 파도
타기 전에 괜스레 비장한 각오
입출항 신고서에
주민번호와 연락처
그리고 인생의 여백 갈매기 한가롭게 떠 있고
통통배 동명호 2.13톤
힘차게 물살 가르고
등대 벗어난다.
여기는 강원도 청정 지역 속초 옆
간성이전 아야진 항구 어촌마을
낚시 드리워 가자미가
양쪽으로 코 끼어 달려 나온다.
철썩거리는 파도음
자연속의 광야 같은 동해 검푸른 바다
바닷바람에 갈매기 맴돌아 시소 게임

너울질하는 갑판

이것이 웬일!

무겁다 못해 묵직한 손맛

선장님 이것이 뭐요?

마나님의 열띤 환호성

경매 감이 되는 돌문어가

지상으로 왕림

오늘 일당은 이것으로 끝

오늘은 운수대통

평생에 한 번의 로또라나

가자미 세꼬시회 달콤한 그 맛

힘찬 문어 튼실한 다리 한입

풍어의 수평선이 낚싯줄에 걸린 오후

빗속의 여인

우중의 여인이라 했다.
흘러간 시간을 만지작거리며
추억의 흔적을 더듬으며 걷고 있는
은근한 구두 발걸음 소리

음악 분수 되어
따라 나온 가녀린 빗줄기가
오렌지빛 우산을
정겹게 두드려 댄다.

우산 속은 또 하나의 우주
가녀린 손 자락에 의지하며
빗속을 걷고 있는 여인
레인코트에
묻어난 고독함이
두 눈에 가득한 그리움의 물보라
그 시절 그때가 그리워

꿈속에서 보았던 미소

수줍은 연녹색으로
푸름이 가득 찬
칠월의 공원 보라매에서
가슴으로 받아 스민
그대의 그림자
그칠 줄 모르는 빗줄기 가득
두 손 모아 다가온
비 오는 칠월의 오후

솔체꽃

너른 들판 깊은 속내
깊은 산 속 솔바람 따라
산기슭에 아담스레 피워 낸
산토끼과의 두해살이

곧추서는 줄기는 일 미터 가까이
하늘 향해 손짓하고
생명선의 줄기 가득 퍼진 털과
꼬부라진 털 사이로
마주나와 타원형의 결각 모양
큰 톱니와 앙증스런 새털처럼
갈라져 세상을 보아
열대야의 여름날 이겨 내어
피어난 가을 보랏빛 청아한 소녀

이루어질 수 없는 사랑의 꽃말
아릿한 사연을 심장에 품은즉슨

하늘색 꽃송이가 두상꽃차례로
하늘과 대지 가득 피어 머금은
한방에서는 만색산라복이란
또 다른 이름으로
불리는 수줍은 너

언젠가는 이루어질 수 있을
만남의 그날을 위하여
애타게 기다리는 연정의 소녀 솔체여!

유월의 장미

유월의 화사한 입술 미소
요염한 한 떨기 장미 꽃송이
오솔길 담장 위에서

알싸한 눈빛으로
푸른 초록 빠알간 손짓
그대 심장으로 가득
피워 넘쳐흐른 마디마다

피어오른 유월은
중년의 속 깊은 아름다움
가시에 찔려 붉은
선홍빛의 핏빛처럼
고운 자태 속에 숨어 있는 고독

차마 아쉬움의 뒷모습
아픔의 한(恨)을 감내하려

뚝뚝 떨어져 흩어지는 꽃잎들

그리움의 포말 되어

초여름비는

가슴으로 흐르고 있는데

유학

23kg 대형 여행 가방이
몸부림하듯 앉은뱅이저울에
매달린다.
부르르 떠는 저울의 눈금
초심을 잃어버리듯
허겁지겁 옷가지 하나하나
담을 때마다
생애의
눈금은 방글거린다.
온기가 맴도는
방 한켠은 외로움이 밀려든다.
형언키 어려운 가을 낙엽
뒹구는 그 아픔
가을비 눈물이 되어
낙엽은 겨울 앞에서
소리 없는 세월을 밀어낸다.
들려오는 비행기의 굉음

육중한 몸무게
창공에서 유영하듯
태평양을
횡단하는 딸아이
텅 빈 방을 보면서
하늘의 별을 본다.
하루가 일 년처럼 간절한 기도의 음성
이역만리 미국에도
새벽녘 동녘 달이
떠오르고 있구나.

유혹

봄바람도
숨죽이고 그를 본다.
오가는 사람들
절로 나는 탄성
진한 향기
붉다 못해 빠알간 심장
가슴 두근거려
다가온 오월의 유혹

모퉁이 길가
피워 낸 그녀의 은근한 미소
흐드러지게 피워 낸 사랑
담장 위의 장미 꽃송이
송이마다 연정을
지난 그 추억을
잊을 수가 없더이다.

휴화산을 활화산으로
영혼을 불태울
생명의 꽃송이

눈 부신 햇살
계절의 여왕 그녀
입술 위에 피어난 꽃송이
화사한 머플러
가녀린 목덜미 가리우고 있고

작은 봉사가 두 배의 기쁨을

기축년(己丑年) 2월의 주말
상도동 아늑한 복지관 3층
사랑으로 언제나 열려 있는 삶 터다.
세월 속에 다가온 노년기
성성한 백발 사이 주름진 손 자락
의지한 연륜의 지팡이
작은 구내식당 식탁은 어느새
어르신들의 그림자로 가득 찬다.
우리네 조원 다섯 명은
정성스레 식탁을 윤기 나게 닦는다.
분주한 손놀림
뽀얀 김 서린 주방 안은 칠 학년 영반
여섯 명의 천사들
어느새 점심식사 봉사는 흘러갔다.
마지막 그릇 세척
구부정한 할머니의 야윈 손
꼬~옥 잡으시며 흡족해 하시던

그 선한 눈빛 속에서

그리움을 삶의 여백을 보았음이라.

누구든 가야 하는 그 길

봉사의 기쁨은 내 마음 뭉~클 두 배.

건강하게 오래오래 장수하시라고

간절하게 두 손 모아 기도한다.

돌아가시는 어르신들 뒷모습

따스함이 봄 향기가 묻어난다.

기쁨이 충만한 시간이었다.*

---

* 2009년 2월 14일 주말(토) 동작구 상도동 소재 상도종합복지관에 나눔과 식사
봉사차 동작 소방서 소속 직원 다섯 명이 참여함

지나간 여정은 꿈처럼

유족 대기실
시장통처럼 소란스럽지만
곧 터질 것 같은 무거운 공기
모든 동작은 일시정지
부평 시립 화장장 9호실
말없이 한세월 누워 있어
레일 따라 뜨거운 화로에
한 생애는 그렇게 불꽃이 되었다.
길고도 짧은 망각의 두 시간
덩그러니 놓인 영정(影幀)
생전의 모습은
질곡으로 짓눌린 여정의 반추
푸른 등 누름 단추
이승과 저승의 벽이 스르르
이제 영영 이별의 강을 건너
고향 산천도 북망산 일진대
결국은 한 줌의 재로

신의 품으로 돌아가

이젠 고단한 삶 내려놓으려나.

하늘은 일순간 어둠의 먹장구름

흐른 눈물샘은 이미 말라 버렸고

유영하는 잠자리만 한가로이 떠 있는

부질없는 그림자들

영면(永眠)의 숨소리

파주의 양지바른 추모공원 납골당

저 천국의 문으로 가소서

다 털어 버리고 가소서

새털처럼 가시옵소서.*

※ 2008년 8월 24일 아버지의 별세를 보면서

추억의 갈매기는

늘 그러했다.
세월은 비웃듯이
가슴도 가슴이 아니듯이
서해 가득 찬
영흥도의 파도 바람
그녀의 미소처럼
평정심의 심해
흘러내린 썰물이
이제는 밀물이 되어
성난 파도 되어 다가온다.
여행길 멈추어 영흥대교 휘이 돌아
머무는 그곳은 제일수산 제37호
광장은 인산인해 꽉 찬 어시장터
몇 미터 앞 힘에 겨운 방파제
신이 난 광풍 노도의 바다
일엽편주(一葉片舟)의 돛단배가 그네를 탄다.
균형 잡기 힘든 바다의 그림자

그래도 파도타기를

즐기는 갈매기는 유영을 한다.

흰 거품의 포말로 앙금의 경계를 다 지켜 내리라.

늘 그렇게 바닷소리는

잊힌 사랑을 일깨운다.

시월의 늦은 가을은

사랑과 낭만의 빗줄기

오지랖 넓은 전어군단

놀래미의 화려한 변신

대왕처럼 군림한 대하들

오늘 이 시간은

왕의 밥상이로소이다.

출 · 퇴근길

한주일이 끝나더니
시작되는 월요일
월요병의 전조인가
쪽빛 창공에 드높아진
새털구름처럼
흐르는 시간들

어느덧 어둠이 내리고
피곤과 고독이
어깨와 호주머니를
짓누를 때면

지하철과 버스 안
좌석들의 군상(群像)들
닭병 걸린 자화상(自畵像)
두 다리 맥 풀려와
선하품 하며

꿈속에서 들려오는
새소리, 물소리
고향인 듯 착각하다 보니

수만의 가로등 불빛
흔들려 강 가득 푸른 조명으로
철렁이며 다가오는
고달픈 출·퇴근길
빌딩 숲 사이사이
따라 나온 달님이
내 누이처럼 반가워라.

할미꽃

모진 바람 이겨 내어
수줍게 피었네.

오고 가는 성묘객들의
간질이는 손사위에도
포근하게 껴안아
성숙하게 피었네.

이름 모를 봉분가
지저귀는 새들의 합창
떠오르는 태양
석양의 빛 그림자
달빛 받으며

진분홍 빛깔의 여리디여린
할미꽃
恨의 세월을 보듬어

꼬부라진 할미
곱게도 피었네.

천 리 먼 길 돌아와 고향 언덕
추억의 山野
양지바른 그곳에
손녀의 해맑은 미소 받아
할미꽃이 천진스레 웃고 있네.

제3부

가을을 품고서

고향 향한 해바라기 _가을 1

은은한 빛의 달무리
그리움이 심신으로 녹아든다.

연녹색의 음성이
가녀린 손 자락이
가을 빛깔로 다가와
변색하는 카멜레온의 들녘

가을의 전령사 코스모스
흥겹게 뛰놀던 메뚜기
솥단지 안에서는 가을이 익어 온다.
오곡 백화의 은근한
숨결 소리
향내 나는 그곳에는 사랑이 숨 쉰다.

풍성한 열매마다
열려 오는 시간을 감내하며

열리는 가을 축제마다
고향 향한 해바라기는
넘실넘실거려 웃는다.

국화꽃 향기도 그립고
살찐 누렁이도
꼬리 치던 강아지도
초가지붕 위에 둥근 달과 탐스러운 호박이
두둥실 열려
애타는 단풍잎의 향수가 되어
고향 향한 그리움으로 다가온다.

꿈꾸는 소롯길 _가을 2

바야흐로 보라매공원은
가을 동화 속
낙엽 따라 꿈꾸는 소롯길
울긋불긋 채색된 맵시
간질이는 가을 바람
노오란 은행잎들
긴 겨울 기약하듯이
떨어지는 잎새
청명하다 못해 푸른 하늘
오곡 백화 익어 오는
고향 언덕 들녘에서
간밤에 울어 대는 귀뚜리 소리
문설주에 이는 찬바람
세월은 가고 오지만
추억 속으로 가는 시간들
저곳 관악영봉은
꽃단장하고서

새로운 신년을 기다리나 보다.

홍시 한 움큼 _가을 3

재잘대며 흘러든 시냇가
아늑 분지 검봉산 자락
단풍나무 군락들이 요동을 친다.
저절로 일어난 탄성

메마름은 정겨움으로
숲속의 향기가 다가와
바야흐로 절정에 빠져 버린
만산홍엽(滿山紅葉)

줄기마다 피워 낸
찬란한 햇살
어루만져 오는 가을바람

발그레한 홍시 한 움큼
곱다 못해 선홍색 빛무리
심장으로 젖어드는

당신의 미소

떨어져 내린 낙엽 소리
스치는 생명의 발자국
그리움으로의 추억 여행

그날을 기약하려
얼굴에 내려온 아침 이슬
새날을 그 사랑을
속삭이고 있구나.

가을빛이 _가을 4

하얀 여백에
가을의 그리움을
색칠한다.

온몸으로 달려드는
선율의 가을바람
단풍잎 샛노오란 잎사귀
아침을 여는 곱디고운 햇살
그녀는 꽃단장을 하고 있다.

숨 가쁘게 달려온 발자취
힘든 고뇌의 여름날은
이젠 추억의 뒤안길
들녘에 오곡 백화

산야에는 튼실한 열매
광주리 가득한 보람

빠알간 입술 위에
가을빛이 걸려 있다.

중년의 나이테만큼
멋들어진 억새들
심연 깊은 마파람 울림 소리

가을 들녘은
풍성 잔치
신의 축복이로다.

감잎차 한잔 _가을 5

신림동 대학로 가는 길
고개 마루턱에는
은행나무 잎사귀가
가로수들이
가을바람에 춤을 춥니다.

하나둘 떨어져 내리는 분신들
새봄의 생명을 잉태하기 위하여
저렇게 몸부림치고 있나 봅니다.

깊어만 가는 심연의 가을날
감잎차 한잔에
세월을 녹이며
둥근 갈색 탁자에서
감잎을 만지며
사색에 잠겨 봅니다.

그림처럼 떠 있는
가을 산 관악영봉을 벗 삼아
낙엽 위를 걸으면서
속삭이는 은근의 음성
추억의 뒤안길가
보고픕니다.

내 사랑하는 협곡 산야
그리운 이여
그대의 향기에
그 향기에 취하여 봅니다.

가을밤이 익어 오면

제법이다.

풍상을 이겨 낸 그이다.

밤나무의 가녀린 가지 나무들

가을바람에 출렁이면

한여름 동안 품어 왔던

은혜의 열매가

후드득거리며 풀숲으로 떨어진다.

대풍이다.

씨알 굵은 밤송이 쩌~억 벌어져

익어 버린 알밤들

너른 대지 위에 흩어져

산 구릉이 사이로 분가를 한다.

그중에 실하게 살이 오른

통통한 놈 하나를 한입에 베어 문다.

살콤 달콤 향기가 입안 가득 차오른다.

찔려 오는 밤 가시가

허연 배를 드러내어

뭉게구름이 살짝 걸린

쪽빛 하늘을 본다.

풀 숲 속에 이미 먼저 와

들짐승들의 먹이가 되어 버린

그들도 제 몸을 다 주면서도 환하게 웃는다.

풍년의 황금 들녘.

살찐 바람 소리를 들었나 보다.

신의 음성을 들었나 보다.

가을 산

쪽빛 하늘이 따스하다.
향내 나는 가을바람
오솔길 사이 드러난 등산로
채색된 산야의 모습들
떨어지는 온도의 세월 그림자
하나둘 벗어 버린다.

아침 안개 사이로
뒹구는 낙엽들이 바스락거린다.
발끝을 간질여 오는 단풍잎들
귀 열어 재잘거린다.
다가올 봄의 잉태를 위한 아픔도
찬란한 의상으로
갈아입었나 보다.

그윽한 천안의 태조산은 늘
살아 숨 쉬는

양지바른 어머니의 자애로운 골짜기

붉게 타오른 가을 산은

멋진 화음이다.

그리운 님의 음성이다.

수줍게 타오른

늦가을 정취의 정념이다.

가을에는

10월의 풀벌레 소리가
어루만져

끝날 것 같지 않던 무더위도
추석날 전후까지 악착같이 내리던
초가을 비도

이젠 추억 속으로
사라지고

황금벌판에 일어나 익어 오는
잎사귀에 이는 바람 소리
넘쳐나는 책갈피 사이마다
흐른 세월 접으며
여명(黎明)으로
흐르는 귀뚜라미 울음소리

온몸을 드러내어
뽐내던 알밤과
오색단장으로 수줍게
물들어 오는 단풍들의
재잘거림

한강의 둔치 끝 토평리 넓은 자락은
코스모스의 은은한 물결 미소가
시월의 풍성함을 예고합니다.

씨알 굵은 은행을 따내며
소록이 들려오는 가을밤을

그대의 떨려 오는 손 자락은
그리움으로 허연 밤을 지새웁니다.

코스모스 하늘거리는

동구 밖 언덕길

나에게는 꿈길 열어 주는

사랑과 회한(悔恨)이 서린

고향의 어머니입니다.

가을 여인

그대가 그리워
옷깃 사이로 물들어 와
갈색으로 옷을 갈아입을 때는
너의 맘 가득

가을바람이 마음을
흔들어 놓을 때는
밤새워 하염없이
그리움으로 타들어 간 가슴을
원망도 했다.

두둥실 떠오른 둥근 달무리가
동구 밖 신작로
하늘거린 코스모스
환한 미소의 그대가 오늘따라
내안 가득히 피어오른다.

담 넘어 담장 위에 조롱박이
헤벌죽 웃어
기름진 땅 위에 신의 섭리를
위하여 깊은 잠을 청하는 너

새봄의 희망을 품으면서
너와 나 그리움 넘친 기다림의
인고(忍苦)의 세월을 품어 이겨 낸
살아생전 내 어머니의
따스한 손길이
느껴져 오고 있고

가을이 오는 문턱에서

오늘 그대를 바라다본다.
다소곳이 피어난 가을꽃들
코스모스의 재잘거림
가을 하늘은
투명하게 눈부신 그녀의 애달픈
그리움의 갈대다.

가을바람이 날마다
가까이 다가오는 잎사귀의 음성은
후~욱 불어오는 생명의 소리
가을밤은 그렇게 소리 없이 익어만 간다.
가슴은 온통 노란색의 도화지
봉선화 꽃망울 터트려 검은 진주 주르르
초가지붕 위에 주저리 열린
박들의 수런거림
풀벌레 소리
귀뚜리 소리

구성지게 사랑가 목청 뽑는 취객의 소리
모두가 가을의 마음을 눈치챘나 보다.

가을이여

푸른 하늘이 그리움으로 다가오면
언제나 시월이 저만치 와 있다.
여리디여린 코스모스 꽃잎이
향기로운 미소로 마음을 두드린다.

여명의 하늘이 창문을 열어 주며
시작을 재촉한다.
엷은 구름이 잔잔히 낮은 음성을 보내며
여름내 익어 온 가로수 잎을
살찐 가을바람이 간질인다.

가을비 여울이 스치던 바람이
숲으로 숨어 버린 가을꽃을 데리고 온다.
밤새워 기다려 온 외로움의 시간
둥근 달무리 사연으로
흔들리는 빈 몸 가득히
사랑의 눈빛으로 다가온다.

현관에 벗어 놓은

신발이 가지런히 동무한다.

오늘따라 더욱이 안아 보고 싶은

가을 향기가 그림처럼 다가온다.

황홀한 사랑의 저녁 만찬을 위하여

그렇게 만추(晚秋)의 가을을 기다렸나 보다.

가을 풍경

보라매 분지는
한 폭의 진경산수화
물든 단풍
노오란 은행잎
누렇게 익어 고개 숙인
도심 속의 벼 이삭
구구거리는 비둘기 옹기종기 모여
저녁 식사라도 하나 보다.
채소밭 이랑에는
튼실한 배추와 무
풍성하다.

잘록한 긴 의자 의지하여
재잘대는 초등학교 학생들
도화지 위에도
가을이 내려와 뽀뽀한다.
의연히 서 있어 그리움의 그대 플라타너스

곧고 긴 그림자 드리워

붉게 물든 석양

가을 향기 눈부신 들국화

이제는 벌과 나비 되어

내 안에 추억의 꽃이 되어 피어난다.

귀뚜라미

메뚜기도 한철이라 했는데
무덥던 한여름
그는 속 깊은 울음으로
서늘바람을 불러온다.
생명줄 이어질 듯이
문지방 가까이서 애증으로
다듬어 온 그대의 음성
가슴 시린 사연이
들풀들의 친구들과
찬이슬 서리로 변하여
북풍이 세어질 때
회한의 짧은 생애 의미
문풍지 사이로
또 한 해가 가고 오는 길목 가득
피어오른 코스모스
빨알간 고추잠자리의 유영
초승달이 산허리에서

어슴푸레 빛을 발할 때
열과 성을 다하여
울어 주던 귀뚜라미
동구 밖으로 멀어질 때
가을 낙엽이 부르르 떨며
제자리에 날아와 멈춘 그곳은
삶의 희망스런 그리움의 싹을
움 틔우기 위해서다.

그리움 속으로 다가온 그대

하늘 아래 첫 동네
생애의 터널을 지나 산촌 읍내
인제읍 상동리 415번지
박인환 생가 터에 자리 잡은
추억의 그림자
출구에 들어서면
생전의 시 낭송이 은은히 울려 퍼지고
좌측으로 선술집이
마리서사란 서점이
6·25사변 이전
그 모습으로 태어났다.
그 음성 그 필력
「목마와 숙녀」
그리고 「세월이 가면」을 듣는다.
시대의 아픔 속
시공을 뛰어넘어
그이 영혼을 만났다.

삼십 세에 절명한 시인은

그렇게 불꽃처럼 삶을 살다가

살다가

바람이 되어 하늘로 갔다.

떨어져 내리는 낙엽 잎사귀

못다 피인 상처는

이제 그리움으로 다가오네.

주옥같은 글과 시

가을바람 소리는

내 쓰러진 술병 속에 목메어 우는데!

그리움의 세월

나 그대가 보고 싶어
아픈 가슴이
샛노오란 단풍의 터널

붉게 물든 머플러
그리움의 친구여
님 그리워 마냥 서 있어
기다리다 지쳐
눈에서 진물이 날 지경일진대
아주 잠시 잠깐
쉬었다가 가세나

시작이 반이라 하더니 벌써
올 한 해도 기울어 가는 초겨울
아름답게 치장한 나뭇잎들

바람 앞에 우수수 떨어지는 낙엽이

그대와 생(生)을 이야기하며
쓰라린 소주 한잔에
온 우주를 담아
석양에 지는 노을을
천 년을 지켜 내어

잔술에 어린 너의 모습을
이루지 못한 사연
둥근 달빛 마음으로
하염없이
기다려 본다네.

내 곁에 있는 그대라는 가을

그대는
가을바람이 되어
내게로 다가왔습니다.

그대는
가을 단풍잎
노오란 가슴으로
그리움 되어
내게로 다가왔습니다.

빠알간 가을 낙엽이 여기에 있다고
말하지 않아도
내 곁에 항상 있음을 알고 있습니다.

가을 이슬비 되어 우수수
낙엽 사이사이로
단풍 물감 되어 흐른 시린 가슴

들려오는 황금벌판의 음성이
들국화와 손잡고 속삭이듯
그대 내 곁에 있음을
나는 알고 있습니다.

어둠이 물러나는 새벽 별빛으로
그리움의 꽃을 피워 내어
그대는 항상
내 안에 있음을
나는 알고 있습니다.

또 하나의 씨앗을 예비하며

서울 도심은 연한 갈색 숲 속

깊어 가는 심연의 가을

낭만의 추억으로 빠져든다.

아릿한 보릿고개부터

산업 역군의 아픔 속에 중흥의 기치

至天命의 덕수궁 돌담길

단풍으로 곱게 차려입은 그 길은

우수 어린 낙엽으로

수런거리는 그녀들의 음성

님이 오는 발걸음 소리

아차산의 생태고원

워커힐 호텔구간과

새 생명 잉태한 하늘공원의 억새밭과

희망의 숲 메타세쿼이아 길

산책과 산림욕장의 서울대공원길

동작동 국립 현충원 내의 고운 빛의 단풍

금빛 물결로 쏟아지는

단풍잎마다 완연한 가을 정취

그때 그 시절로

본향의 봄 하늘은

더 가까이 다가오고 있고

우연은 아니었네

한여름 밤의 세레나데는 우연이 아니었다.
강산이 여러 해 바뀌어
생명의 추억들이
가슴으로 들어와
사계절이 윤회를 거듭하여도

그대의 식지 않는
골고다의 인내는 쓰면서도
달디단 열매의
사랑의 달란트이다.

풍성하고 달콤한 음성이
귓가에 맴돌아
청각을 자극할 때
문득 고향의 그리움을 샘솟게 한다.

그대는 분명 나의 그림자

신작로에 하늘거리며
피어오른 코스모스
9월의 가을바람이
노오란 낙엽의 손수건이
날 달뜨게 한다.
그립다.
보고프다.
세월은 그저 미망일 뿐이다.

목마른 대지 위에
익어 오는 오곡 백화
넘실대는 황금물결
그대는 늘 그 한가운데 서 있는
가녀린 손 자락으로 기도하는 여인
혼신의 마음 문을 여는 너
마음에 고운 별이 쏟아지고 있고

한강

한강 고수부지에는
그리움의
가을바람이 한창이다.

어여쁜 여인의 스카프처럼
잘 다듬어진
자전거길 따라
강물은 속삭이며
수줍은 미소로 다가와서
한 폭의 정경산수화를 그려 낸다.

짙푸르게 이어진 강 양안은
말 그대로 코스모스 꽃들의 잔치다.

발그레 달아오른
그녀의 양볼은 가녀린 수채화

손대면 톡 터질 것만 같은
시월의 은은한 갈색이

한가로이 떠 있어
물길질하는 철새들의 교향악

부리 쪼아
여인의 심장을 흔들어
샛노오란 가을 잎에
잊을 수 없는 유행가 가사

긴 세월 남산을 보듬어
아리수의 은근한 물결
르네상스의 기치 아래
석양의 햇살은 금빛으로 녹아든다.

제4부

결실 그리고 또 담금질

길

비암 무니레(VIam munire)

비암은 도로

무니레는 건설

기원전 3C

지구의 동서쪽 대규모 토목사업

시노오 나나미의 13권 가운데

열 번째 저서인 《로마인의 이야기》

"모든 길은 로마로 통한다." 라는

추억과 낭만의 길이 아닌

오로지 실용의 가도(街道)

큰 마름돌의 4m 차도(車道)

좌·우 3m의 인도(人道)

너비가 10m

깊이는 4m 수평도 아닌 수직

세우면 견고한 방벽

그곳은 머릿속에 세계지도

끊임없이 건설한 인프라의 형성

"길"

수만의 가도

그중에 아피아가도

살라리아 가도는 소금길

천 년의 세월이 흐른

지금도 로마인의 위대함

진정한 휴머니스트

이탈리아의 고고 유적들

찬란하게 피었네.

그네들의 힘찬 음성이 울려퍼지고 있고

김밥 한 줄 물 한 모금

갈 곳은 멀었다.
괴나리봇짐에 짚세기 신발
한양에서 소백산 준령을 넘어서
목숨 걸고 넘 노난 여행길
경향 각지 선비들의 도포 자락
성긴 풍상 산천은 그대로인데

주마등처럼 스치고 지나가는 편린의 역사
정신 문화의 고장 안동
험산 준령 깊은 협곡
소백산 허리 관통한 동서 중앙 고속도로
물 흐르는 혈관 되어
힘차게 달린다.

어둠 밝혀 새 아침 동서울터미널에서 첫차 탑승
이천 원에 김밥 한 줄
팔백 원에 물 한 병

정말로 맛나게 먹는다.

천혜의 고장 안동 하고도

임피댐의 임동

선비의 도시 안동호반과 산야

어우러진 따사로운 햇살 눈 부신 남강의 물결

배움의 요람

경북소방학교는

지식의 알갱이를 견주며

변함없이 서 있어서

흐르는 강물을 굽어 보고 있구나!

눈

소리 없이 다가와
너른 대지에
살포시 내리는 너는
고향의 그림자

은근슬쩍 이내 가슴으로 물들어
온천지는 눈부신
하이얀 색깔의 교향악

출렁이듯 미풍에
이는 그리움
가득 찬 보라매 숲 언저리
언제부터인가 졸졸 따라 나온 발자국이
앙증스레 귀엽다.

무엇이 그리도 안타까운지
눈 녹듯이 사라지는 너는

온 영혼을 불태워
검은 눈망울이
대지의 바다로
깊이 빠져든다.

눈꽃 송이 은빛 물결
아직도 그녀의 긴 머리자락
그림처럼 떠 있는 어깨 위로
세월 잊어 내리고 있는 그대

눈물주

참치 눈알 데굴데굴
오대양을 누볐을 그
식탁 위에선 얌전을 떤 새색시
어찌하랴
둥근 지구 은은한 은회색
눈꽃 송이
잘게 썰어 미세분말
무색의 알코올에 잠수 타면
눈 물주 되어 목울대 간질이면
온종일 피곤함도 녹여 버린
독도 참치 횟집
여담 속에
매취순 술
안동소주 술
그리고 바다 건너온
베트남, 남부 나트랑 랩모이 소주 39도
작은 실내는 열꽃이 가득

얼굴 위에 피어 온

그립다 그 사랑

우정도 그리움도

봄 향기

한잔 술에

우리네 생은 달빛 되어

끈끈한 인연으로

흐르고 있구나.

눈발이 날리는 그곳에

춘삼월은 다가와
아직도 문밖에선
동장군이 어슬렁거리고

눈발이 날아와 꽁꽁
생의 한 조각은
어디쯤 일런지
만나는 것은
보는 것은

그리고 인연의 끝자락은
그러면서도 가련한 모습
그 속에 붉디붉은 장미꽃을
품은 강한 어머니의
은근한 미소

세월 풍상을 슬기롭게 이겨 내어

뿌려 온 함박눈
그녀의 멋진 풍상의 인내가
눈앞에 선하더이다.
더는 외로움에 떨지 마라.
그대 향기로운 내 어머니

영혼이 풍성한 설원
가득히 넘쳐 오른 대지
두 손 모아 축복의
기도를 드리는
무한 사랑의 어머니

눈 내리는 날 1

창밖에 풍성한 눈을
관악과 삼각산 분지 서울 도심에서
오랜만에 실컷 보았답니다.

온천지가 하얗게
한해의 아픔과 상처를
다 덮어 버리고
오로지 새로움의 순백의 향기가
보여 오네요.

한풀이하듯 내리고 또 내리고
거닐고 있는 연인들의 발걸음 소리
희망과 그리움이 차오른 사랑
공원 내 나뭇가지 위에
생명의 꽃으로 피어난 그녀

마음은 어느새

동구 밖 언덕 넘어

너른 들과 산야로

초등 학창 시절

토끼몰이하던 그때가

눈꽃 바람 되어

그리움의 음성이

들려오고 있네요.

눈 내리는 날 2

마음이 움직인다.
눈꺼풀이 파르르 떨린다.
속 깊은 눈 아미 가득 흘러든
아리한 세월

오가는 행인들 발자국 위로
펑펑 내리는 함박눈
타원형의 물보라를 일으킨다.
도심 위에도
메마른 대지 위에도
살벌한 삶의 현장 중심으로
녹여내어
소리 없이 내리는 하이얀 순백의 너울
내 마음 속으로 하염없이 내린다.

풍당거리며 실개천
지척으로 다가와

어느덧 봄의 기지개
버들개지 피어난 그날
너의 마음 살포시 녹여내어
세월 흐름을 너른 분지 위
다가올 꽃 소식

중년으로 다가와
눈 내리는 신작로 길가
우수에 젖은 그대
내 앞에 서 있구나 그대여!

눈이 오는 풍경

보라매 분지 위에 눈꽃송이
겨울바람 타고서 내린다.
온천지는 하얀색으로
도시는 잠시 순백의 향연 속으로
그리움으로 빠져든다.

공원 안 수만의 나무들
포근한 눈 자락
따스한 가슴으로
잃어버렸던 어린 시절
그 시절로 돌아가
호오~ 불며
눈사람을 만들다.

동구 밖 언덕 가득
소년이 되어 동심으로 나래를 편다.
상심했던 편린의 사랑

추억 속의 아픔을 떨쳐 내어
비상하는 함박눈

치유의 은사
언 마음 녹여내어
사랑의 미소로 쌓여 와
어깨 위에 내려와 살포시 키스한다.

세월 속에 하염없이 빠져든 오후
분지는 평화와 나눔으로
도심은 은회색빛 색칠을 한다.

세월에게 묻는다

뚝뚝 떨어져 내린
영하의 수은주의 눈금만큼씩
경제의 한파 뉴스가 고막을 울린다.
언제나 의연히 서 있어
수만의 사람들을 오늘도 포용한다.
틈새의 길마다
산 구릉이 사이사이 길마다
낮에는 태양과 바람이
밤에는 둥근 달이 길라잡이를 한다.
눈이 오면 눈길 위를
비가 오면 비를 맞으며
관악영봉 마당바위
유영하는 산새처럼 자유의사에 맡긴다.
손에 잡힐 듯 건너편 파이프 능선은
앙칼진 고운 여인의 허리 곡선
흐른 소롯길 따라 관악문을 열어 본다.
한반도의 지리가 머리 위에 있어

만월이 된 그대에게 묻는다.
산속의 산은 늘 의연하다.
기암괴석
능선마다
연주대의 태극기는
언제나 반갑게 다가온다.
거친 산사나이의 음성이
숨결이 정상에 가득
마음은 화평과 치유와
온유로 흐른 땀은 시원하다.

오늘은 제법 찬바람이

오늘은 제법 찬바람이
옷깃을 여미게 합니다.
초겨울비가 제법 내리더만

마지막 남은 잎사귀마저
보도 위에 흩뿌려져
영혼을 불사르고

돌아올 미래의 그 새날을 위하여
희망의 홀씨를 날려 보내나 보다.

한 장 남은 달력
마지막 여운의
아쉬움을 남기며
언제나 그 아쉬움이
황혼의 하늘은 붉게 물들고 있고

차 한 잔의 세월을 녹이며

창밖은 모진 한파가
회오리바람이 연이어 넘칠 듯
두드린다.

사무실 안 아침 출근
따스한 정이 스민
홍차 한 잔이
모락모락 김을 내며
날 기다린다.

정갈하게 앙증스런
티스푼
휘~이 저어 내는 고운 손길
그 향기 순간의 세월을 녹여 낸다.
고향 언덕 첫눈 내리는 날
함박눈이 소리 없이 찾아오는 그날
두 손 가득히

눈송이 찻잔을 들고서
그 향기를 마신다.
마음을 마신다.

온몸이 나른하여 온다.
뭉클 마음이 열린다.
차 한잔에 세월을 녹이면서

제5부

추억의 여행

강촌에서의 하루

생명수 넘친 북한강
삶의 보금자리 촌락
형성된 강촌
그리고 엘레시안 리조트
백양리역이
손을 흔들어
반가이 맞이한다.

검봉산 산자락은
불타오른 절정
선홍색 빛깔
단풍나무 잎새
산 협곡 가득
가을바람이 수런거린다.

갈색 숲에 기운이
가녀린 어깨 위에 가득하다.

곱디고운 달빛 안주
술 한잔에 세월 녹여내어
풀어내는 이야기는
중년의 세월을 잊게 한다.

후드득 떨어지는 낙엽 잎새 하나
가슴에 떨림으로 다가와
도심(都心) 속 찌든 삶의 조각
내려놓고서
살아가는 이야기
모두 하나 되었다.

고향

정겨운 세월이
순간처럼 흐른다 해도
절절한 고향 향수는
아릿한 추억으로
남아돌지만
산천의 산바람이 손에 잡힐 듯
다가와
문설주를 두드리면
훌쩍 지난 유년 시절
뛰놀던 교정
이팝나무 그늘가
흙먼지 풀풀한 신작로
빛바랜 사진 한 장
책 보자기
그리움의 신록이
광대봉에 걸려와
은은한 달빛무리

연인의 애틋한 사연

띄워 보낸

섬진강 발원지

데미샘*에서

떠도는 흰 구름(白雲) 담아

시냇가 천 리 먼 길

흘러드는 물소리

지저귀는 이름 모를 새소리

그대의 음성

그리움의 환청 되어 다가오고 있고*

※ 데미샘 : 섬진강 발원지로서 전북 진안군 백운면 신담리 원신담 마을 삼추막
이골 데미샘에서 발원하였다. 광양만에 이르기까지 3개 도 10개 시·군에 걸쳐
218km를 흐르는 우리나라에서 4번째로 긴 강이다.

그대를 떠나 보낸 지가 엊그제인데

유월의 산하는 그렇게
푸르다 못해 우거진 검푸른 대지
삶의 의미는 어디인가
생의 종착역은 어디인가
환청처럼 들려오는 그리움인가

목마름의 그리움이 쌓여
흩날리는 아카시아 향기처럼
그대의 타는 듯한 시선
님 향한 순절

우리 소방서 돌담에 그대의 넋이
핏빛보다 더 선명한 장미꽃으로
꽃으로 산화한 그대
그 영혼이 잠시 머물다가 스러져간
이슬 방울처럼
못다 한 생(生)

불꽃으로 일렁이는 정글의 현장

살신성인(殺身成仁)

그대는 우리의 가장 멋진 동료

빠알간 장미꽃처럼

우리 소방의 등불

양지바른 이곳 현충원

그대 모습 영원히 기억하리니

먼 길 떠난 그대여

가슴 속 지극한 어머니의 사랑 안고서

하나님의 오른편에서

저 천국에서 고이 영면(永眠)하소서.

독도 1

서울에서 한달음
묵호항에서 울릉도
징검다리 161km 쾌속선 3시간
울릉에서 독도까지 87km 2시간
넓고 속 깊은 동해

끝없이 펼쳐진 파도음 소리
천 년 괴암 인고(忍苦)의 세월 보듬어
푸르다 못해 비췻빛 에메랄드 바다
천혜의 자연경관
내 너를 보기 위해 쉼 없이 왔노라.

삼백여 여행객들
탄성이 절로 난다.
눈앞에 다가선 동도와 서도
동도는 한반도 바위
서도는 탕건봉

이사부의 숨결이 살아 다가온
초병들이 반가이 맞이한다.

모진 비바람과 파도가 막아도
첫발을 내딛는
그 순간의 흥분과 짜릿한 쾌감
수없이 눌러 대는 카메라 셔터 소리
영혼을 담듯이 소중하게 찍어 댄다.

순간이 영원처럼 느껴지는 오후
새털구름은 하늘에 걸려 있고
괭이갈매기 바다제비 소리
속살 드러낸 독도의 심해
투명한 물빛 도취되어 마음속은
퍼렇게 물들고 있고
아쉬움의 시간
썬 페리호는 울릉도를 향해 달린다.

민족의 수호신 그대여

따스한 커피 한 잔에 세월을 녹이며

어느새 독도는 시야에서

점으로 변한다.

망망대해 검푸른 바다

내일을 향해 힘차게 가고 있구나.

독도 2

시작의 끝이 아닌
출발점의 땅 독도

역사 속에 살아 숨 쉬는 그대는
신생대 3기 플라이오세 전기와 후기에 생성
아름다움의 극치
동도와 서도
정제된 파도음
높이 솟은 민족의 열망
울릉군 울릉읍 독도리

엄연한 우리네 귀하고 귀한 영토
동도에 한반도 바위
서도에 탕건봉
20여 개의 바위들 의연히 버티어
천혜의 자연경관
푸르다 못해 비췻빛 에메랄드 바다

자맥질하는 어족들과 물개들
하늘 위 괭이갈매기 바다제비
비상하는 날개는 희망이 용솟음친다.

이사부의 숨결이 살아 돌아와
다가온 천 년의 그리움
이제 신묘년 새해
국운 융성의 독도 수호
대양을 아우르는 해양대국
동녘 넘어 붉디붉은 서광의
해돋이 서서히 솟아오르고 있고

만남은 우연이 아니었지

오월의 신록이 오더니
어느새 성큼 다가온 성하의 여름이
등허리를 땀으로 적셔 주지만
금세 다가와 하늘 위의 먹장구름
장맛비가 온천지를 뒤흔들어 놓고 있지만
정말로 가는 세월 잡을 수가 없고
오는 백발 막을 수가 없다 하더니
그때 그 시절 진안 마령면 소재 아련히 떠오르는
중학교 버팀목이 되어 서 있던
플라타너스와 이팝나무 그리고 교정이
빛바랜 옛 사진의 실루엣처럼 눈에 가득
꿈처럼 선하였지!

세월의 흐름에 따라 이제 중년이 된 너와 나
그리움의 꿈을 먹고 추억의 편린을 찾아
수십 년 만의 재회와 만남
이것은 정말 '우연이 아니야' 라는 노랫말처럼

그리운 친구들
위봉사 계곡에서의 하룻밤
환상의 대화
졸업 40주년 기념(바위산 가든)
「축」 환영의 플래카드가
그렇게 멋지게 보일 수가

곧이어 다가올 환갑과 육순과 이순
그래도 친구가 있어 외롭지 않다.
보고픈 이여, 먼지 풀풀 날리는 신작로에서
아카시아 꽃잎에 진달래 꽃잎을 먹으면서
학교 정문 앞 구멍가게의 커다란 단팥빵으로
굶주림과 배고픔을 달래며
향학열을 불태우던 그 시절
책보자기는 차라리 먼 추억이 되어 버렸구나.

이제 교정에서 제2의 추억과

건강 노년의 생을 만들어 보자.

내 사랑하는 친구야! 소중한 친구야.

1번은 말하고, 2번은 듣고, 3번은 끄덕이며,

칭찬과 격려가 배려와 용서와

서로를 그려 볼 수 있는 우리가 되어 보자꾸나.

문경 새재

시공을 넘어서 다가온
수려한 산세가
그림처럼 떠 있어
반가이 맞이한다.

돌 틈 사이 비집고 들어온
찬연한 햇빛
구중궁궐 제1관문을 지나
산소리 물소리 발걸음 소리
멀리서 찾아온 상춘객들

영남 제2관문 조곡관
첩첩산중
연륜 깊은 청솔나무의 의연한
호연지기
뿜어내어 산야 가득
선인들의 함성

협곡을 가로질러 성곽은 옛 모습 그대로

조령산문에서 주흘산

문경 새재 고갯마루

이름 모를 자연의 소리음이

청정스레 쉬어 가는 구름

생명 실린 바람

보듬어 다리난간에 걸린

청풍명월(淸風明月)의 긴 밤야

조 껍데기 한잔 술에 두툼한 빈대떡

고구려와 고려의 세월을 잔술에 녹인다.

서달산 자락은

짙푸른 유월의 산하는
이렇게 시작되었다.
호국영령이 살아 숨 쉬는
너른 양지바른 동작동 국립묘지
서달산 자락 아늑한 분지
천 년의 세월을 흘러와
지금도 민족의 가슴을 드러내어
흐르고 있는 아리수가 한 폭의
정경산수화
호국영령의 넋을 달래기 위하여
진즉에 예비한 지장사
1931년에 세워진 달마사
예불 소리 끊이지 않고
산들바람이 세월 녹여 내어
연녹색의 심장이다.
이젠 도시민의 휴식처
한달음에 올라와

땀 배인 어깨와 등허리는

강바람에 시원하다.

굳게 열리지 않은 국립묘지 담장이

절반은 헐려 와

시민의 품으로 왔음이라.

나이테만큼의 찰나(刹那)의 생(生)

경건한 분지 위에 분신의

의연한 생명의 나무는

유유히 흐르는 한강을 바라보고 있구나.

선운사의 하루

번민도

그리움도

세찬 바람 속에

남몰래 눈물 흘려 섞어 내린

기암괴석 사이로

꽃잎은 파르르 눈 귀 밝혀 와

춘풍으로 가득한 선운사 산자락

협곡은 녹음의 멋진 반주

못 견디게 몸부림치며 서럽게

울어 대는 나무 군락과 울창한 음성

온몸의 심장으로 젖어들어

그림처럼 다가온 도솔천

천 년의 손길 보듬어

도솔암의 풍경 소리

생(生)과 사(死)의 초월함이 묻어와

사랑으로 들려오는
천상의 음률
대숲의 저미는 듯 신선한 바람
탄성으로 두 손 모아
그대와 나
소리 없이 염원을 빌어 본다.

선운사 너른 경내
연녹색 가득 사월의 눈 부신 햇살
변함없이 서 있어 날 부르고 있구나.

어머니 1

그립다 그 시절
기억조차 흐릿한
그 어렸을 때
유복자 그 시대
산천은 그대로
시공을 뛰어넘어 서울 도심 한켠
도드라운 술잔 속에
먹고픈 추억 속의 동동주
먹고픈 갱이 엿
호랑이 백부 백모
살아 있을 적
엿 사려고 호랑이의 골동품
맞바꿔 먹은 그때였지
하늘빛 보름달
가득 떠 있어 주름살
돌이켜 보니 나이테 환갑
미소처럼 들려오는

환청의

보이지 않는 어머니

그 어머니가 새삼 그리움으로

목젖으로 타고 흐른

동동주 한 사발

그 음성이 어느새

중년의 눈가에는

이슬이 맺혀 오고 있고

어머니 2

동구 밖 언덕길에 서서
산 구릉이 신작로 사이로

그림자 자취가 사라질 때까지
하염없이 서 있어
돌부처가 된 내 어머니

눈가에 흐른 艱苦의 주름살이
어느덧
고향 향한 그리움으로
환청이 들려올 때면

차라리 고향 친구 붙들고서
꺼이 꺼이 속울음으로
목울대 아프도록 사무친
고향의 흙냄새

당신이 차지한 한두 평 남짓한

양지바른 그곳엔

또 다른 시간이 평안을 재촉하고 있겠지요.

어승생악 御乘生岳

일명 기생화산
섬나라 제주도의 한라산 기슭 1117번 도로
해발 1169m

또는 어스싱이 오름이라 부르던 천 년의 너
사계절마다 새롭게 분단장
368개 기생 화산 중에 제일 큰 화산체
신비의 은빛 물결
온통 푸르름의 바다
선인들의 말발굽 소리

출렁이는 산바람 터널 위로
정상 위에 한라 분지는 포근한
어머니의 치맛자락으로 펼쳐진 운해(雲海)
게릴라성 호우로 내리던 장대비
잠시 그쳐 뻗어 나온 찬란한 햇살 무리

대지 가득 말과 소들의 한가로움

평화와 그리움의 너른 정원

중허리 가득 세월의 천지를 보듬는다.

御乘生岳의 계단 샛길로

그림처럼 다가온

윗세 오름의 영실기암이여

여정

관악산 둘레1길
잔설이 남아 뽀드득 소리 내며
따라오는 발걸음 소리
매섭게 불던 산바람 소리
틈새로 파고드는 산새 소리
한낮의 산중 허리

신년 새해는 시작되어 희망의 여울
아직도 앵 토라진 한파는
맹위를 떨쳐 내어
나무숲 사이로 보이는 수만의 집들
수도꼭지 얼어붙듯
겨울나기 어려운 약자들 마음도 꽁꽁
산은 늘 의연하다.

여기저기 잔설 녹여내어
봄기운이 스며와

돌 틈 사이 물소리 졸졸
바람 소리 흐르듯이
광활한 골짜기로 흘러와
풀 한 포기에도 생명이 스민 의미
둘레길 오가는 수만의 영혼들
아릿한 사연을 보듬어
추억의 뒤안길

생명의 봄을 기다리는 여심
작고 앙증스런 나그네 의자
쉬어 가는 구름을 벗 삼아
한잔 술에 녹아든
그녀의 그림자 되어
의자의 주인이 된다.

간질이는 솔잎 낙엽이
추억의 마음을 달래오듯

소근소근대며

내 어깨 위에서 시공의 하늘을 본다.

영종도의 밤

을왕리 해안선은
곱디고운 여인의 자태
잔잔한 파도 음성
떠 있는 반달
흘러드는 은은한 달빛 무리

허연 백사장은
어루만져 사랑의 탄주음
야경으로 채색된 부둣가
전국팔도가 다 모여
오고 가는 너와 나를 부여잡아
원조 조개구이
펄펄 거려 꿈틀대는 낙지들
목울대 타고 넘어가는 세월의 알코올

인천 영종도의 밤은
앙증 어린 간판처럼

추억으로 젖어든 초겨울
한밤의 우정 어린 만남

천 리 넘어 머~언 훗날
그대 향한 그리움
사각사각 따라오던
백사장의 모래 발자국들
펜션 가득 열기 어린 토론의 갈증
이제는 잊지 않으리

한순간의 모습도
그림 같은 풍경 드러내어
청춘남녀의 서툰 낚시에 걸리어
올려진 망둑어의 모습
찰나의 소중한 사진들
도심은 어둠이 내려와 침묵으로 잠겨 든다.

오늘은 좋은 날

오늘은 참 좋은 날
하나님이 주신 그런 복된 날
창공은 투명하다.
봄바람 바닷바람이
솔솔 귓가를 간질인다.
어렵사리 얻어 낸
봄철 휴가
수백 리 먼 길 강원도 속초 아야진 항구
동해 바닷가에서
순간 어부가 되었다.
썰물이다.
입안은 아릿한 고향 내음
갯바위에 일렁이는 물미역
한 움큼 손맛이다.
바다 바닥은 투명하다 못해
유리알처럼 푸른빛으로 빛나고
아슬아슬한 바위 사이

검정 진주 홍합
잘 만났다, 그대여!
하루가 짧은 오늘
눈 부신 자연의 수평선과 맞닿은 너른 바다
힘찬 파도음 비릿한 향기
살짝 데친 미역 한 다발
바다의 심장을 마신다.
우리 부부는 그림자 되어
석양을 본다.
행복의 포말이 신의 음성이
추억의 한 페이지를 기록하겠지!

옥순봉 玉筍峰

단양 장회 나루터
오월의 강물이 너울거려 반겨 온다.
강릉에서 수학여행 온 남·여 중학생들
유람선 안이 비좁다 하여 들뜬 모습이
손에 잡힐 듯 충주호의 풍상은
선장의 멋진 해설 속에 단양 8경
그중에
으뜸인 그대를 만난다.
수만의 나이테 푸른 바위들
대나무 순 모양으로 힘차게 치솟아 올라
조선 선비의 절개 어린 모습 되어
다가온 퇴계 이황 선생과 관기 두향의 전설
그리움의 그림자
강선대의 초막에 그녀의 향기가 다가온다.
끈기와 인내로
솔바람 향내 나는
연녹색 오월의 푸른 심장

청풍호반 한가운데 의연히 서 있어

풍상 이겨 낸 소나무

잔가지 끝에 걸린 솔바람

순간의 역사 속에 살아 숨 쉬는

단원 김홍도의 옥순봉

절경의 유려한 산수화

내 곁에 국립중앙박물관에서

은근의 미소를 짓고 있구나.

울음산에서 하루

그림처럼 포근하다.
그림처럼 아름답다.
포근한 산과 호수의 어우러짐

비선 폭포를 지나서
등룡폭포를 적셔 주는 생명수
물길 따라 산새 소리 산 울음소리
심산계곡은 끝이 없구나.

짙푸른 산속 이어진 등산로
작전 중이던 초병의 등짐
네모난 무전기마저 신록 속으로 잠긴다.

명성의 숨결이 이끼 먹은 약수터
천 년 수(千年水) 궁예의 울음소리
왕건의 승리 소리
역사의 수레바퀴 달래듯

팔각정 아래 심산유곡을 바라본다.

6만 평 정상의 억새밭은 은빛 가을을 기다리며
해발 923m 고지 위에
끊임없이 흐른 시원(始原)의 약수

등산객의 몸과 마음을 적셔 와
작열하는 초여름 햇살을 보듬는 산바람
돌계단 돌 틈으로 세월 흘러
내려와 도 닦아 '자인사' 라는 유서 깊은 사찰
검푸른 물보라 연인의 거리
오솔길 따라 펼쳐진 산정(山井)호수

그리운 님의 자태 허브향이 가득한
산과 호수는 가장 멋진 키스를 한다.
도토리 묵사발 맛이 그만이다.[*]

---

[*]경기 포천시에 소재한 명성산은 해발 923m의 아름다운 산정호수를 보듬어서 줄
기차게 흘러내려 수도권 시민의 아늑한 쉼터의 역할을 하고 있다. 과거 후고구려
와 고려 시대 궁예가 왕건에게 대패하고 산 정상에 궁예가 울면서 먹었다는 약수
터가 지금도 물이 졸졸 흘러서 등산객의 목을 축이고 있다 한다. 정상은 억새밭
으로도 매우 유명한 산이다.

정매화 쉼터에서

천 리 먼 길 묵호항에서
울릉도 도동항에 내렸다.
속내 깊은 섬 속에 둘레길
감탄사의 연속
발걸음은 지치지만
비바람이 우비를 갈라놓아도
섬 속의 자연림은 그림 속 풍경화
내수전 전망대에서 1.3km
울창한 원시림
이른 매미 소리 요란법석
간간이 트인 하늘을 벗 삼아
소롯길가
발자취가 멈춘 그곳 능선 위
아담스런 육각 정자
정매화라는 토착민의 전설이 스며들어
쉼 없이 흐르는 약수 한 사발
길섶에 피인 이름 모를 들꽃들

울릉도의 두근거리는 심장 소리

샘물 소리

귓가에 맴도는 퍼어런 파도음 소리

어둠이 몰려오는 그림자

들려오는 산짐승 소리

흥건히 고인 땀방울이

오늘의 날 생각하게 한다.

신선한 산들바람

육지 속의 섬

푸르다 못해 파란 에메랄드빛 동해

이곳 쉼터에서 세월을 멈추게 하는구나.

태백산

민족의 명산

국토의 종산이자

반도 이남의 모태가 되는 뿌리산

얼마나 기다려 왔던가

지난해는 폭설로 길이 막혔다.

엄동설한 영월 지나 사북

정선이 맞이하니 어느새 태백

은빛 도시는 어둠이 내려

자정이 다가올 때까지도 눈보라 회오리바람

긴 행렬 등산객들의 거친 숨소리

뽀얀 백설기의 눈 자락

아이젠과 두 손 가득 스틱이

부르르 전율을 부르는 발걸음 소리

봄이면 산철쭉과 진달래

시원한 계곡 물 사이로 울창한 푸른 숲

가을 단풍의 형형색색

눈부신 하얀 절경의 온천지

정상은 주목군락 2805그루가 겨울꽃으로
환생한다.
천재단이 있는 영봉은 북쪽에 장군봉
동쪽에 문수봉
그 사이엔 부쇠봉이 있어
외롭지 않더이다.
태백시 문곡소동과
영월의 상동면 천평리 접경의 1567m 명산
태백 그 그리움을
겨울산 살아 천 년 죽어 천 년
주목 위에 피인 소원과 염원은 이루어지리.

풍경

섬진강 하구언

너와 내가 만난 그곳

전라 경상이 만나 어우러진

화개장터

썰물과 밀물이 마주하는 연분홍의

그리움으로 물들어 수줍은 봄처녀

화사한 진달래 볼우물

섬진나루 손 흔들며

터뜨리지 못한 벚꽃송이 하얀 이슬처럼

재첩국 한 사발

정으로 녹아든 오후

청보리 밭이랑 사이로

흘러넘친 앙증스런 산야 협곡

은빛 물결

넘쳐 오른 남도의 훈훈한 사랑이

섬진강 상류

쌍계사 가는 그 길은

개펄의 숨소리

살아 숨 쉬는 영혼의 멜로디

봄 냄새 물씬 풍겨

온천지는 정으로 넘쳐 흐른

장터의 구수한 탁주 한 잔

봄 향기는 알싸한 정취를 주고

항구에서 하룻밤

그림처럼 따라 나온
달빛 무리
수만의 별들
도비도 항구의 밤은
그렇게 익어만 간다.

깊어 갈수록 바람 끝은
방한복을 비집고 들어오지만
발광 표시의 찌에 집중
숨소리가 파도 소리에 잠겨 들고
휘어지는 낚싯대의 곡선마다
환희와 탄성이
허연 포말처럼 입김을 서리고
썰물과 밀물의 약속
달려 나온 우럭이
온몸으로 몸부림친다.

서해의 밤바다는
오늘도 살아서
은빛 물결로 다가와
은근히 속삭인다.
순간의 포착이 영원으로 회귀하듯
방파제에 다가온 풍상의 이름들
우리는 그네를 탄다.

너울 파도를 타고서
생존의 경쟁을 경주한다.
허연 백사장 개펄은
펄펄 살아서 다가온 희락(喜樂)이다.

현장에서

장맛비가 오락가락
하늘은 표정 관리가 버거운 듯이
내리쬐는 태양도 잠시인가

몰려온 먹장구름
표독스런 시어머니
물 폭탄으로 아리수를 집어삼킬 듯
세찬 빗방울
대지는 살아나는 미생물처럼
푸르름으로 반색을 한다.

희로애락(喜怒哀樂)을 부르듯이
한순간의 염원도 저버리고
한여름날의 하루는
넘쳐흐른 아픔의 눈물들

전천후 소방관들은 오늘도 배수지원
밤새워 물을 퍼낸다.
갑자기 불어난 물이 지하로 넘쳐나
이재민들의 분주한 손놀림

그래도 가을은 오겠지
한가로이 유영하는 고추잠자리가
희망의 날개 퍼덕거려
시원한 한줄기 바람이
24시간 무한봉사
그들의 흐른 땀을 식혀 주고 있고

---

* 지난 2009년 7월 15일 8시 35분부터 7월 17일 17시 30분까지 3일간 서울 동
작구 사당2동 우성 3단지 종합상가(대표자 : 노영섭) 지하 1~2층 기계실 및 전
기실 등이 집중호우로 침수되어 신고 접수 후 본서 이동용 발전기와 견인차, 펌프
차 2대, 구조 공작차, 지휘차와 인원 26명이 대형 수중펌프 2대를 이용해 1650
톤 배수 및 물건 반출 등 대민지원 봉사 활동한 사례임

제6부

잊을 수 없는 그리움들

강원도 국립 평창 수련원을 다녀와서

  지난 8월 한 달 동안 을지 연습을 준비하고 실행하면서 힘들었던 마음을 단숨에 날려 보낸 곳이 말로만 듣던 국립 평창 청소년 수련원이다. 이곳은 강원도 평창군에 소재한 곳으로, 정확한 주소는 평창군 용평면 새터마을길 108이다.

  14만 평의 드넓은 분지 위에 연건평 5,600평, 숙박 1,188명과 야영 인원 700명을 수용할 수 있는 매머드급의 시설과 수려한 자연환경을 갖추고 있다.

  숙박 시설, 연수 시설, 문화 체육 시설, 야외 체험 시설 등 각종의 편의 시설 또한 고루 갖춘 종합 수련장으로서 청소년뿐만 아니라 웰빙 시대에 적합한 가족 단위의 체험도 가능하다.

  은하수 천문대 외 10여 곳의 특수(장애우) 아동을 위한 프로그램과 연수 시설, 도예실과 개구리 디스코장 외 5개소 문화 시설, 극기 훈련장인 모험 놀이장과 하늘 오름터(암벽 등반) 등 4개소의 체육 시설과 장비가 잘 갖추어져 사계절 온전히 사용 가능한 곳이다.

우리 팀원들은 지난 8월 26~27일, 1박 2일 코스로 이곳에 묵게 되었다.

서울에서 출발하여 경부고속도로를 거쳐 원주 지나 장평 나들목에서 수련원으로 어둠이 제법 내릴 때 도착하니 미리 기다리고 있던 안성진 님께서 반갑게 맞이하여 준다.

컴컴한 밤이지만 수은주 불빛에 드러난 세이지의 멋진 통나무집은 그림처럼 아름다운 자태를 보여 주었다. 풍광은 푸른 숲 속으로, 산야의 유연한 허리 곡선을 타고 금당산의 신선한 공기와 흙내음이 물씬 풍겼다.

숯불에 익어 가는 대화와 구워 먹는 먹거리, 채소 모두 정성스레 준비한 안성진 님의 깊은 배려 덕분이었다. 토종의 생고기 맛은 그저 일품이었으며 한잔 술에 녹아든 세월을 뒤로 잠시 잠깐의 수면에 들어갔다.

새벽 6시에 전원이 기상하여 안성진 님의 안내로 극기 체험 코스와 등산로를 1시간 20분 정도 걸었다. 해발 700m의 정상에 있는 누각 정자와 자연스레 드러난 오솔길마다 걸어 나와 반갑게 맞이하여 주는 어여쁜 코스모스와 해바라기.

해맑은 아침 미소 허브향 가득한 그곳에는 맨드라미, 나팔꽃, 호박꽃, 튤립과 산머루, 스피아 민트, 페퍼 민트가 가득했다.

어린 시절을 그립게 하는 노오란 달맞이꽃의 인사를 뒤

로하고 인근 음식점에서 시원한 황태국으로 식사한 뒤, 금당 계곡으로 이동하여 2개 조로 나누어 래프팅을 하게 되었다.

물론 우리의 친절한 안내자이신 안성진 님도 함께했다. 바닥이 투명하게 보이는 보트에서 급물살을 온몸으로 느끼며 힘차게 노를 저었다. 주변에 험한 산세와 경치에 흠뻑 매료되어 젖어 오는 옷들 사이로 열기는 더해졌다. 13.4km 험난한 코스를 전원 무사히 마무리하고 인근에 유명하다는 물안개 피는 강가에 자리한 '팔석정(八石亭)'이란 송어 횟집으로 향했다.

부드럽고 연한 황갈색 빛깔의 송어 회와 더불어 소주 한 잔. 푸른 계곡의 시원스런 물줄기가 한 폭의 동양화처럼 보이는 곳에서 식사한 다음, 다시 원위치하여 수영장 사용 후에 서울로 귀경하게 되었다.

물론 강원도의 옥수수와 메밀가루도 조금씩 개인 구매하여 즐거운 마음으로 오게 되었다.

나름 알뜰한 여행과 추억이 가득한 1박 2일간의 체험을 위해 성심과 정성을 다해 안내하여 준 안성진 시설 과장님께 이 자리를 빌려 진심으로 감사의 인사를 드린다. 앞으로 국립 평창 청소년 수련원의 임직원 여러분의 가정과 직장에 신의 은총과 무궁한 발전이 있기를 진심으로 기원하여 본다.

제14기 구조 대장반 전문 교육 과정을 마치고

2003년 8월 11일 아침 6시 30분.

서울에서 출발하여 양재동 요금소를 통과해 1시간 20분 정도 달리자 하늘 아래 편안하다는 천안(天安)시에 도착했다. 요금소를 빠져나와 우회전하여 오르면 유량동에 있는 행정자치부 중앙 소방학교가 양지바른 분지 위에 아담하게 자리하고 있다.

숙소동에 비치된 등록용지에 도장을 찍고 배정받은 303호에 개인 사물함을 풀어 정리했다. 이어 9시에 대강당에 모여서 엄숙한 입교식 행사와 과정별 소개를 마치니 벌써 중식 시간이 되었다.

학교를 포근히 안고 있는 태조산은 유서 깊은 산으로서 천안 시민의 사랑과 전국의 공무원들이 수양과 교육, 연수의 함성이 늘 함께하는 곳이다. 뿐만 아니라 각 시도에서의 만남의 광장이 되어 유익한 정보 교류와 친교의 장소가 되기도 하였다.

중앙 소방학교는 '지혜롭게, 정의롭게, 용감하게, 덕스럽게'라는 교훈을 바탕으로 한 우리 소방의 중추적인 교육

기관이다.

나 역시 올해는 복이 많아서 그런지 2003년 3월 31일부터 5월 9일까지 제5기 화재 조사반 전문 과정을 6주에 걸쳐서 교육받은 바 있다.

올여름 교육을 받고 오니 벌써 가을 냄새가 물씬 풍겨오고 있었다. 지금은 중추절 비상경계 근무에 임하면서 이 글을 쓰고 있는 것이다.

다른 해보다 장맛비가 잦아 지겨울 정도로 쉼 없이 내렸다. 특히 주말에 모처럼 집으로 가는 날이면 어김없이 비가 와서 천안에서 서울까지 가는 데 무려 3시간 이상 걸리기도 하였다.

구조 대장반 전문 교육 과정은 다음과 같다.

1주차는 현장 안전 관리와 초급 간부인 대장으로서의 현장 지휘 요령과 대화를 할 수 없는 장애인에게 필요한 수화(手話) 교육 등으로 이루어져 있다.

특히 수화 교육을 담당하고 있는 교수는 충남본부의 방상천 님으로 '걱정하지 마세요. 나는 119입니다. 뛰어내리지 마세요.' 등 실질적으로 도움이 가능한 손짓을 가르쳐 주었다. 표정과 정확한 표현 몸짓 등이 필요하다고 강조한 점이 기억에 남았다.

2주차는 수난 구조 훈련이다. 3일은 실내 수영장에서, 2일은 태안반도 바다에서 행해졌다.

3주차는 일반 구조 훈련과 산악 구조 훈련으로 양분되어 시행되었다.

산악은 현지 충남 계룡산 절벽 바위와 계곡에서 진행되었다. 다양한 밧줄을 이용해 사체 인양 및 고립된 인명 등을 구조하는 과정을 땀 흘려 소화하고 나니 속옷은 흠뻑 젖고 피로가 엄습하였다.

하지만 그날 밤 계룡산 자락의 민박집에서 맛본 시원한 동동주는 운무 속으로 꿈이 되어 흘렀다.

4주차는 마지막 주로서 생화학(生化學) 사고 대응 및 실습과 최첨단 구조 장비 활용법과 사용 요령을 익히는 주였다.

수천만 원대의 고가장비는 대만 지진이 일어났을 때 매몰자 탐색시 혁혁한 공을 세웠다고 한다.

국내에서도 수많은 구조 현장이 많지만, 그중 대구 소방 헬기 합천댐 추락 사고 시 이 장비를 이용하여 사체(死體)를 인양했다고 하니 매우 유용한 첨단 장비다. 이어서 지진 사고 대응 요령 및 이론을 익힌 후에 각 분임별 구조 사례를 발표했다. 각 시도에서 현장 경험 등을 토대로 열성적인 토론과 대화의 장이 되었다.

구체적으로 수난 구조 훈련(水難救助訓練)을 중심으로 이야기하고자 한다.

첫날은 2003년 8월 13일 종합훈련센터가 부분 준공되어서 우리가 첫 사용자가 되었다.

지하 1층에 있는 수영장에는 길이 25m의 4 Line에 160㎠ 깊이의 풀장, 그 옆엔 수심 5m의 또 다른 풀장이 마련되어 있었다.

교육받는 사람들은 전국 각지에서 온 구조대장과 파출소장들로 구성되어 있었다. 나는 안경을 쓰고 있어 매우 불편했다. 그러나 곧바로 A·B·C 3개 조로 편성하여 훈련에 들어갔다. 난 B조에 속하여 오전에는 수영할 수 있는 능력을 테스트하고 오후에는 스킨 수영과 잠수 기초 요령 등을 순환하며 배웠다.

A조는 수영의 기본인 접영, 배영 등을 연습하고, B조는 스킨 장비 착용 후 물속으로 뛰어내리는 연습을 했다.

여기에는 세 가지 방법이 있는데, 첫째는 오른손은 안면부 수경에 가지런히 대고 왼손은 배 위에 댄 다음, 오른발을 앞차기하듯이 힘차게 내밀면서 물속으로 뛰어내리는 방법, 두 번째는 오른손으로 코를 잡고 등 뒤로 떨어져 내리는 방법, 세 번째는 앉은 자세에서 왼손 오른손을 반대 방향으로 놓고 양발을 살짝 모아 물속으로 뛰어내리는 방법이다.

물론 스노클과 수경 그리고 스위트, 핀(오리발) 등을 완전히 착용한 다음 뛰어내려야 하며 일단 물속으로 들어갔다가 다시 부상하여 O.K 수화가 있어야 잠수에 유영할 수 있다.

C조는 제일 힘든 수심 5m 깊이로 잠수하는 것인데 첫날은 하지 못하고 물속에서 전문 트레이너와 같이 호흡하는 것과 물속과 친해지는 연습을 수없이 반복했다.

둘째 날 역시 오전 한 시간 동안은 피티 체조 및 구보를 하며 땀을 흘렸다. 그리고 전날과 같이 바꿔 가며 연습을 시행하였다. 사실 물속에서 가만히 걸어 다니라고 해도 힘이 들었다. 게다가 수영장 안은 여름 날씨와는 무관하게 추웠다. 점심 저녁 식사는 달콤했다. 저녁 취침은 저녁 점호가 지루할 정도로 피곤한 가운데 이루어졌다.

셋째 날엔 좀 더 발전시켜서 조별 순환식으로 A조는 물속에서의 호흡 및 수심 5m 깊이에서 직접 2인 1조로 막대와 원형의 부스를 이용해 요구조자를 구출해 헤엄쳐 나오는 방법을 연습하였다.

B조는 수경, 스노클, 핀 등을 착용한 채 계속 유영하여 수영 감각을 익히고, 중간에 최대한 깊이 잠수한 다음 위로 상승하는 연습을 했다. 물속 깊이 들어갈 때는 들숨, 날숨의 관계를 잘해야 물을 먹지 않는다.

C조는 5m 깊이의 풀장 앞에서 스쿠버 장비인 수경과 BC부력 조절기, 공기통, 스위트, 핀, 레귤레다(압력 게이지, 나침판, 호흡기, 보조 호흡기), 납으로 된 웨이트 벨트(몸무게 10kg

당 2kg의 무게), 슈즈(고무로 된 신발) 등을 몸에 완전히 착용한 다음 물속으로 잠수하여 제일 밑바닥에서 유영 후 위로 올라오는 연습을 했다.

주의할 사항이 있다. 호흡기 세척 시에는 먼지막이는 꼭 닫아 주어야 하고, 잠수 시에는 머리가 물속에 완전히 잠겼을 때 주먹 쥔 채 엄지손가락만 내밀어서 아래쪽을 가리키며 서서히 하강해야 한다.

하강 시에는 대기압 물속의 기압이 차이가 나기에 약 30㎠마다 코밑 부분을 왼손으로 터치하여 쿵 하며 밀쳐 주어야 고막의 손상을 막을 수 있다 한다. 압력이 귀와 콧등이 같아야 하기에 그렇다.

교관님이나 전문 훈련사 강사님들이 강조하듯이 제일 중요한 것은 물속에서의 호흡법이다.

호흡은 두 번 크게 들이쉬고 내쉴 때는 네 차례에 걸쳐 최대한 천천히 내쉬어야 한다. 천천히 내쉬는 소리가 휘파람 소리처럼 들리는데, 제주도 해녀의 숨소리와 같다고 한다.

잠수 중이나 상승 중에 수경에 물이 들어왔다면 고개를 약간 앞으로 숙이며 순간적으로 쿵 하면 물이 빠진다. 아니면 마우스 안에서 혀를 최대한 쑥 내밀어서 막으면 저절로 쿵 하게 되어 물이 빠지므로 절대 물속이라 하여 당황하여서는 안 된다.

상승 시는 핀을 양발로 교차하듯 힘차게 차고 오르면 된다. 그러나 수심 20~30m 정도에서 급상승하면 팽창에 따른 공기 색전증 등이 유발되어 신체에 치명적 손상이 올 수 있으므로 아주 조심해야 한다[하강 시에도 급속 하강 시 압착이나 질소 마취(nitrogen narcosis : 마티니 법칙) 등이 일어나 원치 않는 경우가 생길 수 있다].

아침 구보를 하는 도중에 내린 여름비가 속살을 적셔 와 땀인지 빗물인지 분간이 안 되었다. 기억 저편의 군가와 함성을 날리며 학교 교정을 일주하고 샤워한 다음 식사…….

넷째 날은 학교의 대형버스를 타고 흩뿌리는 빗속을 헤치며 태안반도의 안면도 초입에 있는 삼봉 해수욕장으로 달렸다.

천안을 벗어나 아산 온양, 예산을 통과했다. 홍성과 A·B 방조제가 막아 큰 틀을 이룬 서산 간척지가 보였다. 그 넓은 땅을 개간한 현대인(現代人)의 애환과 땀이 스며 있는 듯했다. 잠시 후 목적지인 태안군 남면 시온리 즉, 안면도 초입에 들어섰다.

우리 주황색 복장의 사나이들은 모두 평온하여 보였다. 하지만 나는 설렘 반 긴장 반이었다. 오는 동안 꿈속에서 헤매고 있었다.

현장에 도착하여 여장을 푼 후 곧바로 가볍게 산채 비빔밥을 먹은 뒤 장비를 챙겨 해수욕장으로 이동했다.

삼봉 해수욕장에 도착하여 개인 장비와 천막을 설치하고 수영복 차림으로 백사장을 함성 구호와 함께 구보했다. 몸 푸는 운동 이후 전과 같이 3개 조로 나누어 실질적인 훈련을 시작했다.

A조는 모터보트를 타고 바다 한가운데로 나가서 스쿠버 장비를 장착하고 바닷속으로 잠수하는 훈련을 했다.

내가 속한 B조는 수경, 스노클과 스위트복, 핀을 착용하고 2인 1조로 바다 유영에 나섰다.

약 한 시간 정도 소요되었는데, 오로지 숨 쉬기에 급급했다. 그나마 내가 속한 조의 한 사람이 제주도에서 온 구조대장이라 도움을 받아 무사히 마칠 수 있었다.

피곤이 풀리지도 않았는데 곧바로 다이빙 하러 중형 모터보트에 몸을 실었다. 모터보트가 퍼런 바다의 물살을 시원스레 가르고 나갔다.

육지가 보이지도 않는 곳에 서서 드디어 오늘의 하이라이트인 스쿠버 다이빙을 준비했다. 보트에 앉아서 마지막 장비 점검 후 2인 1조 팀과 교관이 뒤로 잠수하여 서서히 하강하기 시작하였다.

바닷속에 잠수한 건 실제로 난생 처음인지라 두려움이 앞섰지만 정신 바짝 차리고 장비와 압력 등을 체크하면서 수심 11~15m 아래로 내려갔다.

서해안 바닷속 시계(視界)는 그리 밝지는 못하였다. 그러나 결국 바다의 맨바닥에 도착하여 들숨 날숨을 천천히 쉬면서 한 손은 앞으로, 양발을 교차로 내딛으며 앞으로 전진했다.

이름 모를 바다 식구들이 푸드덕 달아난다. 이렇게 가쁜 심장의 고동 소리가 이곳 태안반도 바닷속에서 일시정지되어 버린다면……. 생각만 해도 아찔했다.

바닷속 바닥도 계곡과 같다. 들어간 곳, 나온 곳, 바위 숲, 그리고 성게.

물고기가 지나간 자리 등 수만의 생각이 정지된 듯이 시간이 흐른 뒤, 우린 엄지손가락을 위로 치켜든 다음 상승하기 시작했다. 그리고 온 힘을 다하여 다시 모터보트 위에 몸을 실었다.

우선 무거운 장비를 받아서 고정한 다음, 발에 고정된 핀을 벗어서 정리하여 두고 끝없이 펼쳐진 바다를 바라보았다. 자연의 위대함을 작디작은 인간들이 그 얼마나 점령하려고 자맥질하려 했단 말인가?

그러는 중에 다른 팀들도 다 올라와서 장비를 정렬하고 갈증 난 목을 축이느라 연거푸 물을 들이켠다. 바다 위, 물이 이토록 많은데 먹을 수도 없으니 참으로 아이러니하다.

태안반도의 밤은 약간의 소득(전리품)을 획득하였다는 자부심으로 가득했다. 우리는 소라와 각종의 해산물을 먹었다. 그리고 파도 소리 들으면서 고단한 잠속으로 스며들었다.

다음 날, 다시 삼봉 해수욕장 앞으로 갔다. 풍상에 어린 바위 위에 웬 무덤이 저 먼 곳 수평선을 보고 있었다. 여러 가지 사연이 있었으리라.

평가 이후 지친 몸으로 다디단 점심을 먹었다. 그리고 오는 도중에 덕산 온천에서 뜨거운 열기로 바다 내음을 씻고, 전원 무사히 학교로 귀환하였다.

정말 어렵고도 힘든 시간이지만 전문 트레이너인 이원교 님, 김정관 님, 이추봉 님, 방장원 교관을 비롯한 홍용기, 김기양 님과 버스 운전하여 안전을 책임진 미소의 사나이 정상인 님, 모두에게 감사드리고 싶다. 영원히 잊지 못할 추억의 소중한 한 장이 되어 간직할 그날들.

셋째 주는 학교 훈련장에서 인명 구조 기초 훈련을 3개 조로 나누어 실시하였다.

7층 높이에서 로프 하강. 로프 하강에 필요한 로프 매듭법, 전혀 보이지 않는 화재 현장(가상)에서 팀워크로 인명 검색하는 농연 훈련.

그 다음 날은 로프를 이용한 계곡 인명 구조. 인양, 하강하는 법과 쥬마 등반을 훈련했다. 그 다음 날에는 실제적인 상황을 부여하고 조별로 올라가서 들것을 이용하여 요구조자를 안전 지대까지 이송하는 등의 훈련을 하며 마지막 땀을 흘렸다.

다음 날은 1박 2일 코스로 학교 버스를 타고 대전의 계룡산으로 이동했다.

첫날 여장을 푼 후에 동학사 이전 훈련 장소에서 산악 인명 구조 기초 훈련인 추락 요령, 쥬마 등반으로 오르고 내려오는 훈련을 했다. 그 다음 날은 계곡에 고립된 사람을 인명 구조하는 계곡 구조(들것 이용 인양, 하강) 및 산악 보행 후 학교로 귀소하였다.

마지막 주.

첫날은 중앙 119구조대의 구본근 교관의 지도에 따랐다. 생화학 테러는 요즈음 9·11테러에서도 볼 수 있었는데, 실질적으로 출입 금지 지역인 위험 지역(Hot Zone), 진입 제한 지역인 경고 지역(Worm Zone), 지원 지역인 안전 지역(Cold Zone) 등으로 나누어서 방사성 물질 누출이나 생화학 테러 시 우리 구조대원들이 통제 가능한 통제선의 설정 등을 실제와 같이 훈련하였다.

그 다음 날, 중앙 119구조대의 정진복 교관의 통솔 하에 항공기 구조 훈련을 했다. 모 부대를 방문하여 헬기의 성능과 직접 제원 구조 등을 심도 있게 살펴보았다.

이날 대전 국립 현충원에 들러서 먼저 간 선·후배 소방관들의 묘역을 찾아 국화꽃 한 송이로 정성을 다한 헌화를 하였다. 헌시(조사)는 속울음으로 낭송하였다.

『대전 국립묘지 소방관 묘역 참배』
전국각지 방방곡곡 화재, 구조, 구급, 훈련현장에서
임들의 숨결 소리가 묻어나
우리 119 정신의 숭고한 사명을
다하다가 먼저 가신 님들이시여!
이제 그 초석이 되어
이곳 국립묘지 대전 현충원에서
그리운 임 뵈오니
땅도 울고 하늘도 울어
울어 넘친 찰나의 순간들.
영령들이시여!
편안히 쉬소서.
다 이루지 못한 숭고한 소방 정신을
우리 전국의 구조대장들이
2003년 9월 2일 오후
투철한 마음과 몸과 정신으로
헌화하오니 받아 흠향하시고
바라고자 하는 소방방재청에서
안전 지킴이로 거듭날 수 있도록 지켜 주시옵소서.

중앙 소방학교 전문 교육 과정
제14기 구조대장반 일동.

굵은 빗방울이 어깨 위로 떨어져 내리는 눈물 같았다. 묘역은 현충원 정문에서 잘 정리된 길을 따라 좌측 한쪽에 약 40여 기 정도 나란히 줄을 서 있듯이 그렇게 서 있었다.

그것도 철도 공무원, 일반 공무원, 교도 공무원까지 같이 섞여 있었는데, 이는 본말이 전도된 것 같은 생각이 든다. 그러나 우리는 국가의 공복으로서 정확한 평가와 수행이 따르리라 확신한다.

지금 이 시간에도 전국 각처에서 밤낮으로 시민을 위하여 항상 깨어 최선의 노력으로, 단 한 사람의 생명도 소홀함이 없이 구조하는 119정신.

이제 여기 중앙 소방학교에서 마지막 밤이다. 이제 모두가 길다면 길고 짧다면 짧은 4주간의 여정을 마치고 본래의 직장으로 원대 복귀해야 한다.

그간 정이 들었던 우리 학생장이신 부산 북부소방서의 동아전과(별명) 박균희 대장님, 그리고 1반장인 서울 강서소방서의 강길구 대장님과 묵묵히 대소사 살림살이를 무난하게 치러 낸 2반장인 울산 중부소방서의 유성기 대장님과 제일 연장자이신 서울 도봉소방서 창동 파출소장이신 도정윤 님, 그리고 수난 구조 훈련 중 스스로 안전 책임 소임을 다하신 강원 삼척소방서의 김동기 대장과 제주 서부소방서의 이동근 대장님 수고가 많으셨습니다.

경북 안동소방서의 이면구 대장님의 안동호(安東湖)에서

사체(死體)와의 인연 아닌 인연, 드래곤팀의 두주불사 용감성이 빛난 하루도 결코 잊을 수 없는 추억의 장이 되었으리라.

여러 가지 에피소드도 있었지만 지면상 다 소개할 수는 없고 특히 나와 항상 같이한 전남 여수소방서의 박상진 소장님께 감사드리고 싶다.

303호실의 뜨거운 애정과 우정, 구조 사례 등의 담소 역시 기억에 남는다. 최초로 한국 잠수협회에서 발행한 NO. ow kuda 03-1536번의 초급 스쿠버 다이버의 자격증이 내 방에 걸려 있다.

끝으로 더 나은 119 구조 현장이 되기 바라는 마음으로 몇 가지 과제를 적어 본다.

동물 구조. 동물 구조에 따른 시·도 본부별 동물 보호소 설치와 수의사 배치가 필요하다.

산악 구조, 수난 구조. 수난 구조에 따른 내수면 전체에 전담 구조대 설치와 각 해안마다 소방정의 현실적인 보유 및 배치가 필요하다.

특수 구조(화학, 지진, 산불 고립, 폭설과 태풍, 대테러, 건물 붕괴, 원자력, 지하철 사고) 기타 일반 구조 등의 업무 영역 확대와 업무 수행 시 수행에 따른 사전 예방, 대비, 대응, 복구 등 4단계가 상호 link 되어 환류(feed-back)될 수 있는 위기 관리 측면에서의 홍보. 더불어 그에 따른 정확한 업무의 수행 평가가 필요하다. 또, 인원 증원과 기구 확대, 장비 확충, 수당의 현실화 등이 뒤따라야 할 것이다.

또한 국립 현충원의 소방관 묘역을 알리는 팻말이 없고 일반 묘역으로 되어 있어 가슴이 아파 저리어 온다.

최대한 빨리 해결해야 할 과제로 남는다.

서울 용산 소방서 이촌 파출소장 손옥경 드림.

제14기 구조대장반

전 교육 과정(03. 8. 11.~9. 5.)을 마치며.

2003. 9. 18. 비 오는 날에

제주도 여행

봄 날씨가 아닌 것처럼 제법 매서운 꽃샘추위가 옷깃을 여미게 할 무렵, 모처럼 봄철 휴가와 연휴를 이용하여 결혼 20주년 기념 제주도 여행길에 오르게 되었다.

제주도는 태어나서 처음 가 보는 곳이기도 했다. 옛날에는 신혼 여행 때에 못 가 보면 영원히 못 갈 줄 알았던 신비의 섬, 제주도.

서울 시내에서도 버스 타고 정체가 심하면 한두 시간 정도 소요되는 경우가 허다한데, 이제는 비행기를 타고 한두 시간이면 제주도에 갈 수 있다.

김포 국내선 비행장에서 아시아나 항공기가 프로펠러 속 성음과 함께 힘차게 이륙하여 드디어 창공으로 솟아오른다.

기류와 부딪치며 요동치는 날개가 좌우로 손짓하니 어느덧 지상의 건물들은 성냥갑만 해지고, 산야는 저 멀리 다가오는 구름 바다 사이로 숨바꼭질하듯이 끝없이 펼쳐진 운해의 바다 위로 평화롭게 떠 있다.

시속 820km, 서해안 높이는 28000feet, 영하 4.3℃를 가리키는 계기판이 보이고, 드디어 출렁이는 남해가 끝없이 이어졌다. 한가로이 떠 있는 다도해 섬 사이로 앙증맞은 작은 선박들이 내다보이기도 한다.

어느새 바다 건너 속도는 점점 줄어들고 고도를 낮추기 시작하자 제주 공항이 눈앞에 다가온다. 바다 위로 미끄러지듯 힘차게 스며들어 안착한 이곳 제주공항은 북새통이다.

수속 절차는 매우 간단하였다. 여행사에서 나온 직원의 피켓을 보고 따라가 15인승 차에 몸을 의지한다. 울산에서 노부모 모시고 온 여섯 가족과 광주광역시의 중년 부부, 우리 부부 등 총 10명이 한 가족의 구성원이 된 셈이다. 제주 114투어 여행사를 통해서 패키지 여행 상품을 택하여 오게 되었다.

첫날 4월 3일

우선 5~10분 거리에 있는 용두암을 방문하였다. 제주도의 해안가에 있는 기암괴석이 검은색의 현무암으로 구성된 것이라 한다. 용두암에서의 바닷바람은 제법 추웠다. 그래도 옷깃을 여미고 사진 한 컷.

좌판에는 갓 잡아 온 해산물에 소주 한잔을 하는 관광객들이 보였다. 15인승의 기사 아저씨가 약간은 코 먹은 목소리로 안내와 운전을 성실히 수행하여 주어서 2박 3일간 알찬 여행이 되었다.

제주도는 바야흐로 돌과의 전쟁을 치르고 있다고 한다.

크기는 서울의 3배, 부산의 5배, 울릉도의 22배나 된다고 하니 커다란 섬이다.

기후의 차이도 상당했다. 서귀포시와 제주시와의 거리가 거의 1시간 정도 걸린다. 용두암을 거쳐서 도착한 곳은 세계 제일의 아름다운 정원으로 불리는 분재 예술원이다.

바닷바람이 제법 느껴졌다. 입구를 통과하여 들어가니 해설가가 분재의 특성과 모습에 대해 상세히 설명하여 주었다.

주소는 제주시 한경면 녹차분재로 675.

한 농부의 혼불이 담긴 인생 여정과 수십 년간의 인간의 삶과 꿈이 한 그루 한 그루의 나무마다 정성스럽게 담겨 있었다. 과연 세계 제일의 아름다운 정원이라 불릴 만했다.

분재는 뿌리를 잘라 주지 않으면 죽고 사람은 생각을 바꾸지 않으면 빨리 늙는다는 말처럼 나무를 통하여 배우는 철학이 통했는지, 전 세계의 명사(중국의 후진타오 주석과 장쩌민 국가주석 외 다수)들이 극찬하며 이곳에 자기들의 소장품을 기증했다고 한다.

살아 숨 쉬는 분재원을 다 돌아보는 동안 감탄과 연이어 눌러 대는 카메라 셔터 소리가 끊이지 않았다. 이어 제주 향토 뷔페인 옹기 뷔페에서 맛있는 점심을 먹었다.

정원을 보면서 식사한 후에 약 20~30분 걸려 도착한 곳은 제주도 감귤 농장이다. 벌써 오후가 되었다. 아마 사전에 예약된 듯했다. 탐스레 열려 있는 감귤 나무 사이로 걸어 들어가 설명을 들었다.

굴의 종류도 만생종, 조생종 등 무려 40가지가 넘는다. 굴은 소금 2~3스푼을 넣은 소금물에 씻어서 말려 놓으면 색깔이 변하지 않게 보관할 수 있다고 한다.

여기에서는 상황버섯을 가공해서 판매하기도 한다. 이 농장은 제주 남제주군 농업 생태원이 있는 곳으로, 5·16 도로를 지나서 갈 수 있다. 감귤은 노지감귤, 하우스 감귤, 한라봉, 청견, 금귤 등이 있다.

특히 감귤은 알칼리성 식품으로 비타민 C가 풍부하여 피부 미용과 피로 해소에 좋으며 식욕을 증진시키고 감기를 예방해 준다.

전시관에서는 감귤의 역사와 구조, 세계의 감귤 분포 등을 다양하게 볼 수 있었다.

그 다음 이동한 곳은 이중섭 기념관이었다.

주변에 유채 꽃밭이 펼쳐져 있는 이중섭 기념관 3층 건물에는 작가의 작품들이 소중하게 걸려 있었다. 그의 약력과 제주도에 와서 그림을 그리게 된 사연, 화단에서 그의 무게와 우리나라의 역사를 비추어 볼 수 있었다.

주변 환경과 더불어서 이동한 곳은 천지연 폭포였다. 웅장한 폭포와 아래 검푸른 용소, 맑은 물이 흘러내리는 천연의 아름다운 계곡으로 수많은 인파가 넋을 놓고 쳐다보며 감탄을 한다.

오후 3시, 서귀포 시립 해양 공원에서 서귀포 유람선을 타게 되었다. 거의 1시간 넘게 일주하여 돌아온 것인데 바닷바람인지라 무척이나 추웠지만 선상 위의 소주 한잔도 그럴듯하였고, 줄기차게 따라오는 바다 갈매기들의 모습에서 경이로움을 느꼈다.

사랑과 꿈의 서귀포 절경은 선상에서 바라보는 정방 폭포, 그리고 문섬, 섶섬, 범섬, 해저에서 스쿠버들의 활동 모습이었다.

외돌개로 돌아와 서귀포 해안을 구경하는 멋진 코스를 마치고 다음으로 이동한 장소는 해피 랜드였다.

벌써 오후 5시 30분이 되었다. 약 20~30분 걸려 도착한 곳에는 많은 관광버스가 집결하여 있어 그 인기를 실감할 수 있었다.

수많은 인파(관광객)가 거대한 원형의 체육관 안에 들어가게 되었다. 각종의 서커스 쇼가 있었지만 압권은 오토바이 쇼였다.

젊은 열혈 청년들이 둥근 원형(지구처럼)의 무대에서 오토바이를 타고 굉음을 내며 자유자재로 역행도 하고 원을 그리기도 했다. 나중에는 4명이 그 원 안에 들어가서 질주했는데, 손에 땀을 쥐게 했다(청소년들의 우상이 될 법도 하다.)

시간을 아끼고 아껴서 다음으로 간 곳은 '주상절리' 라는 곳으로 바다 바람과 거친 파도가 철썩거리며 다듬어 놓은 바위가 절경을 이루는 곳이었다. 바다 용솟음의 파고 속에서 수천의 세월을 이겨 낸 육각형의 바위 모습이 새삼 경탄을 자아내게 한다.

이때 이미 날은 어두워 무리한 일정을 소화하고 호텔에 오니 벌써 저녁 8시 30분이 지나 있었다.

저녁은 우리 부부와 지인이 만나서 호텔에서 가장 가까운 곳에 있는 말고기 집으로 갔다. 육지에서 먹어 보지 못한 말고기를 코스로 즐기게 되었다. 그간 쌓인 이야기와 더불어 제주산 소주의 빈병은 늘어만 갔고 말고기의 부위별 탐험이 끝나갈 때쯤엔 벌써 자정 무렵이 되었다.

아쉬운 작별과 함께 귀중한 제주도 감귤향이 스민 향수의 앙증맞은 자태도 소중한 기억으로 남으며, 이 자리를 빌려서 제주 특유의 맛을 보여 준 오라 파출소장님 부부와 본부의 행정주임님께 감사드린다. 호텔에서 다음 날 여정을 위해 잠을 청했다.

둘째 날 4월 4일

호텔 1층 식당에서 아침 식사 후 여행사의 차에 탑승하여 가까운 곳에 있는 쇼핑센터에 가게 되었다. 역시 제주도 특산품이 있었지만 판매장이 단조로워 보였고 테마가 없어 아쉬움이 남았다.

다음으로 이동한 곳은 남제주도 안덕면 서광리의 설록차 뮤지엄이다. 오설록이 있는 녹차와 자연 그리고 인간이 교류하는 화합의 장이 펼쳐진 한국 차 문화의 향기를 맡을 수 있는 곳으로, 설록차와 드넓게 펼쳐진 녹차밭에서 풍차가 바람에 돌아가는 이색적인 모습이 아름다웠다.

녹차 산업의 미래를 제시하는 차 문화 종합 전시관에서 차 제조 공정과 차의 종류(약 50여 가지)와 찻잔과 일본의 다완(茶碗) 그리고 조선의 막사발 등과 좋은 차를 마시며 풍류를 즐겼던 선인들의 모습이 잘 전시되어 있었다. 특히 다산 정약용의 다행은 현대에도 내려와 수많은 글과 시로 노래하여 불리고 있다.

추후 이동한 곳은 산허리 억새풀 숲을 지나서 상명대 수련원과 제주 마방목지. 군데군데 묘지(무덤)들이 보였는데 묘지 둘레는 전부 검은 돌로 정갈하게 울타리가 쳐져 있어 이채로웠다.

드디어 도착한 곳은 코끼리쇼가 주무대인 곳. 노천에 사각으로 둘러앉아서 구경할 수 있도록 자리가 마련되어 있어 사람들은 사각의 링처럼 쭉 둘러앉았다.

우리 일행 이외에도 어른, 아이 할 것 없이 인산인해를 이루었다. 무대에 오른 코끼리는 지능이 높고 몸무게는 1000kg이라고 했다. 코끼리와 관중을 자유자재로 주도하는 멋진 여인 MC가 매끄럽게 잘 진행하여 수없이 많은 박수갈채를 받았다.

코끼리 쇼를 잠깐 소개하면 다음과 같다. 처음에는 코끼리 엉덩이 쳐들기, 관중에게서 지폐를 받아 자기 등에 타고 있는 주인에게 코로 주기, 물론 바나나는 스스로 다 먹어치우고, 왼발만 들고 춤추기, 코로 훌라후프 돌리기, 코로 사람들을 올리기, 코끼리가 누워 있는 사람 위를 넘어가게 하기, 밑에 누워 있는 모녀와 부녀, 부자들은 오금이 저렸으나 그러나 실수없이 소화해 내었고, 그 다음은 누워 있는 사람을 코로 안마하여 주기, 코 힘으로 물을 흡입하여 물총 쏘기(이때 어린이들은 난리가 날 정도로 좋아함), 코끼리 코로 볼링공을 잡아 pin 10개를 넘어뜨리기, 떨어져 있는 리본을 주워서 바구니에 담기, 코끼리 발로 축구공을 차서 골대에 공 차 넣기, 물론 골대에도 다른 코끼리가 골키퍼가 있었다. 또, 코끼리 코로 작은 북 치기, 코끼리 코로 농구공을 골대에 넣기, 병원 진찰 놀이까지 매우 흥미롭고 다양했다. 관광 후에는 근처에서 점심과 함께 제주도의 막걸리 한 사발을 마시고 제주 성읍 마을에 가게 되었다.

여기서 비로소 제주도의 토속적인 언어와 문화 생활 등을 엿볼 수 있었다. 제주 성읍 마을은 서기 650년 처음 거천리라 칭하고 후에 설촌에서 진사리로, 1423년 성읍리로 개칭되었다.

지붕이엄과 바람 때문에 새끼로 꼬아 조정한 것과 대문

(정낭)이 특이해 보였다. 집 입구에는 구멍 세 개 뚫린 높이 1m 정도 기둥을 양쪽에 세우고 통나무 3개를 그 구멍에 걸쳐서 놓았는데, 돌로 된 기둥을 정주석, 나무로 된 것을 정주목, 가운데 걸치는 나무는 정낭이라 칭했다. 1개 걸친 것과 2개 걸친 것, 3개 걸친 것의 의미가 다 다르다.

3개를 다 걸쳐 놓으면 2, 3일간 주인이 집을 비운다는 뜻이고, 2개 이상을 한쪽에 내려놓으면 방문해도 좋다는 뜻이다.

또한, 돌하르방은 제주도의 수호신으로서 왼손이 올라가 있는 것은 무사이고, 오른손이 올라가 있는 것은 문관인데 남자는 이러한 돌하르방을 부인에게 걸어 주고 물길질(배 타기)하러 나갔다고 한다.

돌하르방의 갓은 모자가 아니고 남성 상징으로서, 여인들이 자꾸 만지면 아들을 낳는다는 기원이 담겨 있는데, 성읍 마을의 아낙네가 앙증맞게 잘도 설명을 하여 준다.

특히 제주도 여인은 물 허벅(등에 지고 다니는 물 단지)을 지고 먹을 물을 길러 10km씩 다녀야 하는 등, 한(恨)이 많아서 물동이를 내려놓고 두 손으로 장단을 치면서 노동요 등을 불렀는데, 직접 들어 보니 신비롭기 짝이 없었다.

연자방아가 있는 집은 옛날에 매우 잘 사는 집이었으며 말(馬) 고기는 오래 삶으면 질기기에 조심하여야 한다고 한다. 육지에서 말고기를 못 먹게 한 경우는 나라님(임금)에게 진상하기에 바빠서인데, 고려나 조선시대 백성들의 어려움이 드러나 보이는 대목이기도 하다.

또한, 제주 민속집은 화장실 옆에 감나무가 있다고 한다. 감나무가 보이면 '어험' 하고 헛기침을 하여서 알리곤 했다 한다.

제주도 천연 기념물인 조랑말은 입안 이빨에 글자를 새겨서 종족 표시를 하였고, 죽으면 육포로 말려서 나라님께 진상하였다고 한다. 경마 시 말들의 눈(눈동자)이 340° 까지 볼 수 있어서 오직 뒤쪽만 못 보기에 경마 때는 눈 옆을 가리고 뛰게 한다고 한다.

또한, 해설해 주는 이에 의하면 어느 집이든 정수기 역할을 하는 항아리가 있어서 비가 오면 물을 받아 놓는다고 한다. 제주도는 건천이기에 아무리 큰 비가 와도 다 금세 스며들기에 그렇다 한다.

역시 관광지이기에 관광 상품인 오미자차와 말뼈가루, 굼벵이 등이 있었다. 안내에 따르면 말뼈가루와 오미자차를 섞어서 먹으면 매우 좋다고 한다.

지금도 제주도의 남자는 큰대 자로 누워서 놀고, 여자들이 일하여 그 수익금을 가져다 준다고 한다. 아직까지 그렇다니 믿을 수 없었다.

그 다음 이동한 곳은 성읍 마을의 승마장이었다. 승마는 신체의 평형성과 유연성을 길러 주는 전신 운동으로, 웰빙 시대에 매우 적합하다. 다이어트 등 주로 여성에게 확산되고 있다고 한다. 약 30분간 천천히 걷기와 빠르게 달리기 등을 직접 체험하였다.

다음으로 간 곳은 일출 랜드의 미천굴(美千) 관광 단지이다.

남제주군 성산읍 삼달리에 위치한 수려하고 아름다운 정원 겸 동굴이다. 관람 코스는 센터하우스 – 수변공원 – 돌하르방 코너 – 헌수단 – 동백동산 – 중앙 잔디구장 – 삼영장 – 광장 연못 – 놀이 분수 – 미천굴 – 오징어 바위 – 성림원 – 세다리 평나무 – 야외 공연장 – 제주 현무암 분재 정원 – 아트센터(염색 / 도자기 / 칠보공예 체험) – 도자기 공원 – 선인장 하우스 – 아열대 산책로 – 센터 하우스 등이다.

미천굴은 365m의 길이로, 1,000가지의 아름다움을 갖고 있는 입구 – 다도해 – 연못 – 수호신 용(龍 : 용띠 천만 명 눈의 정기 모아야 승천할 수 있는 것) – 석심수 – 소원 성취탑 – 바닥석순(25만 년) – 천정식물 등이 갖춰진 천연의 동굴이었다. 또한, 이곳 돌하르방 코너에는 삼무정신(三無) 즉, 도둑, 거지, 대문이 없어 상호간의 신뢰, 정직성, 선량함을 느낄 수 있었다.

그곳을 지나서 바로 성산읍의 바닷가 섭지코지에 들렀다. 땅끝 마을인 이곳 역시 관광객으로 붐비고 있었는데 특히 젊은 연인들이 많았다.

이유인즉, 송혜교와 이병헌이 주연한 드라마 〈올인〉의 촬영지로 아담한 교회와 검푸른 바다가 보이는 하얀 등대까지 올라가는 길들이 사랑을 꽃피우는 최적의 장소로 여겨지기 때문이다. 등대로 가는 길은 유채꽃으로 수놓아져 있었고, 승마할 수 있는 넓은 초원이 아름답게 펼쳐져 있었다.

이후 손에 잡힐 듯한 성산 일출봉으로 빠른 속도로 이동했다. 해는 서녘으로 지고, 점점 석양 노을로 번져갈 무렵, 잘 정돈된 계단을 땀 흘려 올랐다. 등경 바위는 제주도 동쪽을 지켜 내던 장군 바위로서, 이 바위에는 말을 타지 않고도 하루에 천 리를 달리며 활을 쏘지 않고도 요술로 적장의 투구를 벗길 수 있다는 전설이 스며 있다고 한다.

등경 바위를 지나서 20m 오르면 초관 바위(금마석) 가 나오는데, 선비들이 승진을 염원하는 바위라고도 하며 99개의 기암괴석으로 이루어진 천혜(天惠)의 수산진이다. 정상에 올라 일출이 아닌 일몰을 보게 되었다.

한라산 위로 태양이 잠기는 멋진 광경을 지켜보았다. 분화구는 13ha의 넓은 분지로 되어 있었다.

바다 저 멀리 끝없이 펼쳐진 망망대해와 바람을 뒤로 한 채 어둠이 내려와 조명이 하나둘 켜질 무렵 아쉬운 발걸음으로 내려왔다.

식사 후 호텔 근처에서 제주 토속의 횟감을 곁들여서

늦은 자정 양인석 대장과 한잔 후 마지막 밤을 보냈다(오랜만에 만나서 너무나 반가웠다.)

마지막 날 4월 5일

아침에 기상하여 식사 후 도깨비 도로에 가게 되었다. 도로는 약 200m 거리로, 직접 물을 부어서 착시 현상을 살펴 볼 수 있었다.

다음에는 성 테마 공원을 가게 되었다. 사람의 기본 본능인 사랑의 표현이 적나라하게 조각품으로서 표시되어 실소를 금할 수 없었다.

사랑의 의식을 미국은 파티, 인도는 왕과 왕비, 그리스는 신화 속의 사랑, 일본은 무사의 사랑, 아프리카는 추장과 부인의 사랑으로 표현했다.

성인용품점도 있었다. 단, 미성년자는 입장할 수 없었다.

장소를 이동하여 한라 수목원에 가게 되었다. 우리 일행은 연신 셔터를 눌러 댔다.

희귀 자생 식물원을 보전 연구하기 위하여 1993년 개원한 수목원으로서 제주시 근교의 광이 오름과 남조순 오름 기슭 15ha에 1,100여 종의 10만 본을 보유하고 있었다. 상엽활엽수림과 교목원, 화목원, 희귀특산 수종원, 약식물원 등 11개 원으로 구성되어 잘 가꾸어진 수목원이었다.

이른 점심 식사 후 2박 3일간 같이 다녔던 다른 팀들은 제주공항에서 귀성하였다. 우리 부부는 여행사 쪽에 요청하여 비행기 시간을 저녁 때로 미루고 중문 관광단지까지 공항버스로 이동해 천재연(天帝淵) 폭포에 들렀다. 여미지 식물원은 다음 기회에 들르기로 했다.

천재연 폭포에는 폭포를 가로지르는 아치형의 다리가 멋지게 설치되어 있다. 다른 말로는 오복천(五福泉)이라 하여 壽(거북), 富(돼지), 貴(용), 愛(원앙), 子(잉어)로 표시하여 제주 탐라 십경 중의 하나로 손꼽힌다. 1, 2, 3단의 폭포가 협곡을 가득 채워 흘렀다.

450여 종의 희귀종이 서식하고, 신령한 용이 살고 있다는 전설도 전해지고 있었다. 천재연의 담팔수 나무와 난대림 지대가 특색이 있었다. 천천히 걸어 나와 중문 관광단지 해안 바닷가로 갔다. 해녀가 직접 물길질하여 잡았다는 옥돔과 해삼, 멍게, 그리고 파래 등을 안주 삼아 시원한 바다를 보면서 한잔 쭈~욱 들이켰는데, 그 맛을 지금도 잊을 수가 없다.

제주도 말로 '색달(해녀의 집)'이라 하는데, 역시 이곳도 자녀 학비를 벌기 위한 어머니가 운영하는 곳이었다.

(여기 詩 한 수)

서귀포 중문단지 앞 너른 바다
바다는 춤을 춘다.
비파를 타는 듯한 노래
비릿한 바다 내음에 실려
향수처럼 날라와
수만의 세월 자락
거친 섬 여인 해녀들의 숨소리
삼다도 가득
파도 소리
전복, 소라, 고동, 해삼
날쌘 솜씨로 칼질하는
그녀
검게 그을린 얼굴은 환하게 빛난다.
목을 타고 넘어가는 횟감이
알코올 가득 신비의 미소
쪽빛 하늘과 수평선 가득
그림처럼 다가온 미역 냄새
그녀들의 애잔한 잔상이
너른 바다 물결로 번진다.

다시 돌아와 공항버스를 타고 제주공항에 도착하여 수속 후 비행기에 오르게 되었다. 잠시 뒤 비행기가 남해를 지나서 해안선 따라 북상하여 김포공항에 안착. 공항과 연결된 지하철을 이용하여 무사히 집으로 돌아와 신발 풀고 고단한 잠을 청하여 본다.

2박 3일 짧은 시간이었지만 여행사 쪽의 가이드 겸 운전기사의 성심을 다한 안내로 여행이 매우 인상 깊었다. 보고(寶庫)의 섬, 아름다운 동백꽃말 '그대를 누구보다도 사랑한다.'와 같이 또 다시 오고 싶은 섬이다. 이렇게 제주 여행은 우리 부부 20주년 기념의 이정표가 되었다.

다시 한 번 지면을 통하여 제주 소방본부의 황승철 행정주임과 오라 파출소장 김상용 님, 서귀포 소방서의 양인석 님과 국제 여행사의 이태한 팀장과 박창석 기사와 울산의 가족과 전남 광주광역시의 박복수 부부 모두에게 감사드린다.

감사촌과 불평촌

두 마을이 있었습니다. 한 마을은 감사촌이고 다른 한 마을은 불평촌이었지요. 불평촌 사람들은 매사에 무엇이든 불만이고 언제나 원망뿐이었습니다. 그래서 늘 원망과 염려가 입에 배어 있었지요.

감사촌에 사는 사람들은 어떠한 경우라도 항상 감사했습니다. 고생해도 감사하였고, 어려운 일을 만나도 감사하였고, 봄에는 꽃이 피어서 감사하였고, 여름에는 잎이 무성하니 감사하였고, 가을에는 추수하니 더욱더 감사하였습니다.

어느 날, 불평촌 사람들이 감사촌에 놀러 왔다가 그들이 감사하는 소리에 놀랐습니다. 그리고 그곳에 있는 동안 감사하는 법을 배우고 매사에 감사하는 마음이 되었습니다. 그러나 저녁때 불평촌으로 돌아온 그들의 입에서 다시 불평이 나왔습니다.

"에이, 괜히 감사촌에 갔다가 얻어먹은 것도 없이 감사만 하고 왔네."

불평촌 사람들은 다시 불평하는 삶이 되고 말았습니다.

즉, 감사는 감사촌에서만 가능한 것이었습니다. 몸과 마음 모두가 감사촌으로 이사해야만 합니다. 그런데 감사촌으로 이사하기 위해서는 모든 불평하던 것을 두고 홀몸으로 가야만 하는 것입니다.

완전히 무(無)에서 시작해야 합니다. 이 땅에 와서 옷을 입고 먹을 양식만 있어도 감사할 뿐인데 사람들은 내게 있는 것을 보지 않고 없는 것, 모자란 것만 보고 원망합니다. 그리하여 자기가 가지고 있는 것조차 알지 못하고 받지 못했다고 원망합니다.

현대인들은 정신적인 질병을 앓고 있습니다. 수많은 사람들은 비슷한 질병을 앓고 있는데, 이 병의 증상은 불평과 원망입니다. 이 질병을 치료하지 않는 한 사람은 아무리 많은 것을 소유하고 환경이 좋아져도 행복하지 않습니다. 이 질병을 고치는 특효약이 바로 '감사'입니다.

"범사에 감사하라. 이는 그리스도 예수 안에서 너희를 향하신 하나님의 뜻이니라." (살 전 5:18)의 성경 구절에서도 이야기합니다.

당신은 지금 불평촌에 살고 있습니까? 당신의 가정은 불평촌에 속해 있습니까, 아니면 감사촌에 속해 있습니까?

감사하는 생활을 하기로 마음먹었다면 지금 당장 감사할 것들을 찾아보십시오. 최소한 10가지 이상 감사할 것을 찾아보아야 할 것입니다.

중국 상해 여행기

 공부를 한다는 것은 나이와는 관련이 없다고 하지만 학우들 가운데 나이가 많은 편에 속하는 나는 그래도 '조금 더 열심히 해야 하는데……' 하면서 서울시립대학교 도시과학대학원 〈방재공학전공〉 입학을 준비했다.

 그 결과 지난 2002년 12월 합격하여 2003년 1, 2학기 2004년 3학기 이수 후 4학기 차 10월에 졸업 시험 후 졸업 여행을 추진했다.

 교수님의 조언과 학우들의 토론을 통해 여행지를 중국 상해(상하이)로 결정했고, 두 분의 교수님과 34명의 학우가 함께 11월 11일부터 14일까지 3박 4일간의 여정에 오르게 되었다.

 참고로 114투어 여행사의 최태림 실장과 중국 현지의 이춘화 가이드에게 이 자리를 빌려 감사의 말을 전한다.

 박영근 과대표와 박경환 총무, 끝까지 이끌어 주신 윤명오, 송철호 교수님, 사전 경험이 많으신 최인창 기자님과 함께했던 가족분들 모두에게 소중한 추억이 된 여행이었다.

 또한 처음부터 끝까지 한 명의 낙오자도 없이 무사히 귀

국하여 수업 시간에 반갑게 만날 수 있어 소중한 인연이 배가 되는 시간이었다.

첫째, 전날 준비 단계

여행사와 여행 일정, 경비 등이 정해지자마자 가까운 서초 구청 여권과에 들러서 현금 4만4천 원과 사진 2장, 신분증(주민등록증)을 제출하여 1주일 만에 여권을 발급받았다.

떠나기 전날 최태림 실장이 직접 준비 사항과 중국 현지에서의 주의 사항 등을 상세히 안내하여 주었다.

준비 내용은 ① 여권 ② 환전(달러, 위안(원), 신용카드) ③ 귀중품 소지 여부 ④ 그 나라의 기후 및 복장 ⑤ 비상 약품 ⑥ 기타 필기도구, 카메라, 배터리 ⑦ 휴대 허용 가방 : 20kg 미만(1인당) ⑧ 짐 쌀 때 유의 사항 : 휴대용 가방(비행 중 필요한 물품)과 탁송 짐을 구분하여 쌀 것. 깨지는 물건 주의하여 단단히 포장 등 ⑨ 휴대용 귀중품(고가품), 즉 캠코더 등은 사전 세관 신고, 공항에서 출국 절차는 집결 확인 및 여권 취합 → 단체 출국 수속 → 재집결 출국 서류(여권, 탑승권, 출국에, 출입국 카드) 확인 → 수화물 수속 → 출구 이용하여 출국(검사대 통과) → 면세점 이용 → 탑승구(게이트)에서 비행기 탑승 → 자기 좌석 착석하면 완료된다.

둘째, 출발 첫날(11. 11. 07:00)

인천국제공항 3층 K와 L 사이의 만남의 장소에 집결하기 위해서 집에서 새벽 5시 50분에 승용차로 운전하여 88올림픽 도로를 타고 영종대교를 건너 공항까지 도착하는 데 약 45분 소요되었다. 영종대교를 통과할 때 톨게이트 빠져나오는 데 6,400원이 지출되었다.

주차는 사전에 파악해 두었는데 장기 주차와 단기 주차가 있었다. 장기 주차는 1일에 8,000원, 단기 주차는 1,2000원이라 한다.

장기 주차장에 들어가는데 누군가 수신호로 차를 세웠다. 공항 대합실까지 태워다 주고, 열쇠를 받아 간다고 했다. 나중에 알고 보니 공항에서 운영하는 것이 아니고 약간은 불법적인 요소가 있어서 안심이 안 되었으나 요금은 같아서 귀국해서도 그대로 운행하였다.

전날 국민은행에 들러서 1달러, 10달러, 5달러 등을 10만 원어치 환전하였고, 공항에 와서 위안화(중국 화폐)를 5만 원 어치 환전하여 두었다.

밤잠을 설치고 새벽 비 오는 도로를 질주해서 겨우 아침 7시까지 공항에 도착할 수 있었다. 도착해 보니 반가운 얼굴들이 보이기 시작하였다. 여행용 가방을 들고 어깨에 또 다른 작은 가방과 카메라를 짊어진 사람들은 모두 상기된 표정이었다.

여행사에서 나온 가이드의 지도에 따라서 탁송 짐 수속을 신속하게 처리한 후 각자 여권과 단체 비자, 출입국 카드 등을 소지한 채 검색대를 통과했는데, 이만 해도 상당한 시간이 소요되었다.

 공항을 빠져나가는 사람들이 이렇게 많은 줄은 몰랐다. 윗옷을 벗고 휴대전화, 시계, 신발, 손가방들을 검색대 박스에 담으니 통과되어 나오고 나 역시 통과하여 다시 옷을 입고서 우리가 탑승해야 할 35번 게이트로 향했다. 아마 제일 먼 곳인 것 같았다. 중국 항공기인지라 제일 먼 곳인 성 싶다.

 가는 곳은 에스컬레이터로 쭉 연결되어 있었다. 가까스로 9시에 탑승을 완료하여 착석하였다. 애석하게도 난 좌석이 중앙에 있어서 창밖의 풍경을 멀리서 구경할 수밖에 없었다.

 비행기는 9시 1분에 활주로를 달리기 시작했다. 스튜어디스 안내 방송과 함께 기내에 승무원 다섯 명이 돌아다니면서 기내에 안전을 위한 좌석 벨트 확인과 주의 사항, 짐 칸의 정리를 도왔다. 약간의 마찰음과 동시에 휘~잉 떠오르는 느낌이 들었다. 비행기 앞쪽이 비스듬하게 올라가 있어 계속 상승 중임을 알 수 있었다.

 잠깐 사이에 공항이 점점 멀어지고 하늘 구름이 가까이

서 손짓하듯 흐른다. 운해였다. 구름 위로 솟아올라 비행기는 앞을 향해 가고 있었다.

초등학생이 된 듯이 열심히 창밖을 내다본다. 약간은 들떠 있는 표정으로, 앞으로 다가올 신천지 중국에 대해서 이야기하여 보기도 한다.

우리나라와 중국은 시차가 한 시간이 난다고 한다. 그래서 중국 상해 공항 도착 시각이 9시 45분이라고 하는데, 시차가 크면 바로 짐작이 안 갈 수도 있었다.

조금 후 기내식이 나오기 시작하였다. 아침 일찍 나오느라 시장기가 있었다. 빵 한 조각, 물 한 컵, 야채 샐러드와 밥 조금, 고기 튀김 등을 깨끗이 먹고 난 후 중국산 캔맥주로 옆 학우와 한 잔씩 쭈~욱.

아내는 커피 한 잔. 왠지 중국 냄새가 벌써 나는 것 같았다. 잠깐 사이에 바다 건너 상해 상공이 아닌가. 벌써 기내 방송이 들려온다. 내릴 준비 후 서서히 다가오는 상해 포동 공항에 도착해 출구로 내리기 시작하였다.

여기는 공산주의의 나라 중국. 중국 중에서도 제일 개방과 발전이 빠른 상해. 그러나 출입구에 무표정하게 서 있는 중국 공안원들의 복장이 눈에 낯설다. 여기가 2,500Km 떨어진 중국의 거대도시 상해의 관문이다. 뜻밖에 출국 심사는 까다롭지 않았다. 여권과 얼굴을 대조하는 대로 곧바로 통과시켜 주었다.

1층으로 가서 탁송된 짐을 찾는데 중국 측의 현지 가이드인 여성이 기다리고 있었다. 우리 조선족이라 반가웠다.

짐을 찾는 즉시 이동하여 자기부상열차를 타기 전 교수님의 격려 말씀을 들었다. 이후, 현지 가이드의 말에 귀 기울이고 전원 집합하여 기념 촬영 찰~칵. 드디어 자기부상열차를 타기 위해서 자연스럽게 기다리고 있는데 저쪽에서 서서히 들어오고 있는 열차가 보였다.

열차 안은 매우 쾌적하였고 앞쪽 위에는 날짜와 시간, 킬로미터 수가 적힌 전광 게시판이 있었다. 놀랍게도 운전사는 여자 기관사.

역시 복장은 공안원 복장과 비슷하였다. 이러한 복장은 중국 어디서나 쉽게 볼 수 있었다. 여하튼 11시 9분에 시속 100Km/h인데 11시 14분에 시속 431Km/h의 속도, 11시 16분 29초에 228Km/h 전혀 요동이 없었다. 세계 속에 그 기술이 돋보이고 관광 상품화하였다는 데서 더욱 놀라웠다.

창밖의 시가지는 3~4층의 주택이 즐비하였으며 들판과 띄엄띄엄 아파트와 공장 등이 보였다가 사라진다. 벌써 상해시에 도착하였다[324Km인데 7~8분(용양로 역) 소요].

여행용 가방과 짐을 들고 기다리고 있는 관광버스에 올

라탔다. 현지인 가이드와 운전기사의 대화는 흡사 싸우는 듯한 억센 말투처럼 들린다. 시내 중심가의 동방명주 탑으로 즉시 이동하여 내리기 시작하였다.

횡단보도를 건너가는데 앞, 뒤, 옆으로 자전거와 차량 행렬이 그냥 마구잡이로 간다. 교통 질서가 엉망이라는 느낌이 들었다. 동방명주 탑까지의 거리는 50m 정도인데 길거리는 사람들로 넘쳐나고 잡상인 어린이부터 어른에 이르기까지 물건 팔려고 호객이 요란하다.

배터리(카메라) 하나 구입하려고 100위안을 내니 그렇게 큰돈은 바꿀 수가 없어서 결국은 탑 안 관광지에서 살 수밖에 없었다. 입장비가 얼마인지 모르지만 단지 10초 만에 268m 높이 상부 원형 구조물에 다다를 수가 있었다.

동방명주(東方明株)에 대하여 살펴보면

1991년에 착공하여 1994년 10월에 완성된 탑으로 상해의 월스트리트라 할 수 있는 포동, 루쟈쭈웨이 금융 구에 위치하고 있는 방송수신탑이다.

총 높이가 468m로서 아시아에서 첫 번째, 세계에서는 세 번째로 높다고 한다. 중국의 펄 TV로 운영하는 미디어 그룹인 동방명주 그룹의 소유로 되어 있으며 263m와 350m에 관광 전망대가 있다. 350m 전망대는 귀빈실이 따로 있다.

상해 야경의 최고인 와이탄과 마주보고 있는 이 탑은 3개의 주축기둥과 좌하구체, 상구체, 태공선 등으로 이루어져 있다.

하구체는 직경 약 50m로 98m의 관광통로와 각종 오락시설이 설치되어 있다.

태공선(太空船)은 350m에 있는 전망대로서 각국 회의장이 있어 귀빈을 접대할 수 있도록 되어 있었다. 특히 양자강(장강) 하류의 완만한 곡선을 따라 와이탄과 포동의 오색찬란한 야경은 상해 제일의 구경거리이다. 탑 주변의 초고층 빌딩과 황푸강을 바쁘게 오가는 선박들의 모습에서 상해의 역동성을 느낄 수 있었다.

점심때가 되어 현지 중국 요리를 먹었는데, 전부 다 기름진 음식으로 느끼함이 말로 표현할 수 없을 정도였다. 대부분 돼지고기를 삶아서 기름으로 범벅하였으며 콩, 땅콩, 새우무침, 콩나물과 돼지고기 등 십여 가지를 먹은 후에 우리나라 만두로 생각해서 만두를 하나 집어먹었더니 완전히 기름덩어리. 그리고 녹차를 물처럼 마셔야 했다.

여행 기간 동안 최고급 요릿집에서 식사를 하였지만 내내 고추장과 김치 생각이 간절하였다. 특히 음식마다 소스향료 냄새가 토할 정도로 역겨웠다.

오후에는 다시 상해 박물관으로 이동하여 중국의 고대시대 등의 유물과 역사를 한눈에 볼 수 있었다. 상해 박물관은 1996년 10월 12일에 건축되었는데, 인민 광장 남쪽에 있었다. 하부는 정방형의 모양이고 상부는 원형 모양으로 ‘天圓地方’을 뜻하며 중국 전통 솥을 닮았다고 한다.

개관 시간은 9시에서 오후 5시. 상해시 인민대도 201호에 있으며, 1층에는 중국고대 청동기관, 중국고대 조각관, 제1전람회장이 있고, 2층에는 중국고대 도자기관, 제2전람회장과 다실이, 3층은 중국역대 회화관, 중국역대 書法館, 중국역대 인장(도장)관, 4층에는 중국소수민족 공예관, 중국고대 옥기관, 중국역대 화폐관, 중국 명·청 가구관, 아세아 고전실, 제3전람회장 등이 있었다.

중앙 계단과 에스컬레이터로 하늘이 보이도록 건축되어 있었고, 전시장에는 12, 3만여 점의 귀중한 보고(寶庫)가 잘 보존되어 있었다. 유교와 불교의 절묘한 만남, 화폐의 다양성, 중국인의 생생한 삶의 현장과 수천 년의 문화의 숨결이 느껴지는 귀중한 시간이 되었다.

저녁은 해물 요리로 배를 두둑이 채운 다음에 와이탄의 야경을 구경했다. 드디어 피곤한 몸을 이끌고 호텔로 투숙하여 여장을 풀게 되었다.

여행용 가방도 호텔 직원이 이동시켜 주는데, 팁은 1달러라고 한다. 중국에서 출세하고 권력을 잡으려면 상해시를 거쳐서 북경으로 가야 한다고 한다. 남방 쪽은 드넓은 평야 지대이기에 먹을 것이 풍부하여 머리를 회전하는 것이 빠른 반면 북방인 산동성 쪽은 영웅호걸이 많이 나오는 험준 지역이라 한다. 중간 중간에 중국 생활을 소개하기로 한다.

셋째, 제2일(11. 12.)

호텔에서 아침을 뷔페 형식으로 먹고 관광버스에 올라타 목적지를 향해 길거리를 달렸다. 운행 도중 길거리는 자전거 행렬과 차량으로 가득했다. 특히 택시는 세 종류라고 하는데 택시 안의 운전석과 조수석 사이 둥근 스텐으로 구획되어 있으며 교통법규가 없는 아슬아슬한 곡예 운전을 하고 있는 것 같았다.

또한, 옛날 서울 남대문에 철로 위로 다니는 버스가 시내 곳곳에 있었는데, 그와 비슷한 것이 보였다. 즉, 전기배선이 도로 중앙 위에 거미줄처럼 이어져 있어 수송을 전담하고 있었다.

고가 육교는 타원형으로서 해 놓고, 고가도로에는 우리나라에서 볼 수 없는 화분들이 묘한 조화를 이루는 것이 이채롭다. 상해시에는 독일제 폭스바겐이 제일 많고 북경에는 현대의 소나타가 제일 많이 다닌다고 한다.

드디어 상해 공안 박물관에 도착하였다. 상해 공안 박물관(Shanghai Museum of Public Security)은 관람 시간이 9시에서 오후 4시 30분이며 공안사관(公安史館), 형사조사관(刑事

調査館), 치안관(治安館), 교통관(交通館), 감소관(監所館), 소방관(消防館), 경무교류관(警務交流館) 등으로 잘 보존되어 있다. 마침 우리나라 초등학교 4~5학년 정도의 아이들이 80명쯤 와서 구경하고 있었다.

우리 일행 역시 소방관으로 들어가서 전체 구경하고 나왔다. 완강기 체험이 이채로웠고, 집 내부를 부엌처럼 꾸며 놓고 화기 취급 요령을 가르쳐 주었는데, 폭죽은 절대 주방 안에 놓지 말라고 당부했다. 가상 화재 효과음과 컴컴한 가운데서 빠져나오는 통로도 있었다. 박물관 전면 입구에는 우리나라와 같은 해태상이 자리잡고 반겨 주었다.

화재 신고 번호는 우리와 같은 119. 화재 건수는 13만 건으로 전국 평균 화재로 사망하는 사람 수가 대략 2,500명이라고 한다.

소방차와 복색, 각종 소방기구와 비상구 유도등이 긴 사각형 모양의 약간 파란색 안전지구(exit)로 표시되어 있었다. 이는 동방명주 탑 관광지에서도 볼 수 있었다.

또한, 옥내 소화전 역할을 하는 함 안에 소방호스 2개가 도르레 형식에 감겨져 있어, 유사 시 사용하기에 매우 용이해 보였다.

또 다시 관광버스로 이동해 상해시 소방검정기 중심(우리나라 소방검정공사와 같다.)으로 가는 도중 한 학우가 어젯밤 과하게 먹었는지 소변이 급하다 하여 중도에 내렸다. 다행히

여느 객점에 들어가서 몸짓으로 해결했다고 하니 그저 놀라울 뿐이었다.

중간에 다시 탑승하여 검정기 중심에 안착하여 4층 대강당에서 홍보용 동영상을 관람하고 바로 옆 사무실에서 설치된 실험실을 구경하고 내려왔다.

커다란 창고 안에서 마침 한국 제품의 인장강도실험(완강기)을 시연해 보였는데 불합격되었고, 또 한쪽에서는 소방차의 내구성 바퀴, 배연 등을 실험(검정)하고 있어 그들의 기술을 지켜보았다. 실질적인 연구는 2시간이 지나야 있다고 해서 포기하고 왔다.

상해의 신천지에서 약 1시간 자유 시간을 만끽할 수 있었는데, 과거와 현대가 어우러진 건물이 깔끔하게 정돈되어 있었다. 거리의 좌판에서는 액세서리를 많이 팔고 있었다. 독일식 맥주 한 컵은 8달러나 했다. 이곳은 상해시에서 가장 예쁜 여자와 멋진 남자가 몰려오는 곳으로, 이가성이란 홍콩 갑부가 사들여 이곳을 개발하였다고 한다.

당일날 밤 소남국이란 요릿집에서 식사한 내용을 소개할까 한다. 이전에 예원(우리나라 정원)에서 발 마사지를 받았는데, 나중에 알고 보니 여자는 남자가, 남자는 여자 학원생이 마사지를 해 준다고 한다. 입구에서 중국 복장의 여인이 맞이하고 카운터에서 역시 조선족 여인이 안내하여 준다. 중국 전통의 대나무 소쿠리처럼 생긴 통에 약간 뜨겁다고 느껴지는 물통에 발을 담근 다음, 그들 특유의 손놀림으로 약 30~40분 정도 서비스해 준다.

한 방에 네 명씩 들어가 침대에 누워서 양발만 벗고 옷을 무릎까지 올린다. 물로 발마사지 하는 여자들은 우리나라 여고 1, 2학년생 정도로 보였는데, 사실은 20살이 넘었으며 순수하게 발마사지만 배우는 학교 실습생으로 매우 엄격하게 관리된다고 한다. 여하튼 신기할 정도로 시원하고 쌓인 피로가 풀려 오는 것은 왜일까?

발 마사지를 끝내고 걸어서 이동하여 가이드가 안내한 작은 점포로 가 중국의 이명주 4홉들이 2병을 샀다. 우리나라 돈으로는 4천 원씩 합해서 8천 원이었다.

앞서 이야기한 소남국 요릿집(小南國 : http//www.xnggroup.com)에서 저녁 식사를 하게 되었다.

중국 식탁은 원형에 작은 원형의 두꺼운 유리가 돌아가도록 되어 있어, 음식을 먹는 데 불편이 없고, 음식은 볶음 요리, 찐 요리, 탕 등으로 순차적으로 큰 사발에 담겨져 나온다. 대부분 특이한 향료(우리나라 고추나 마늘)가 있어 먹기가 매우 느끼하고 힘들었다.

중국 8대 요리 가운데 하나가 상해 요리인데, 그중에 돼지고기와 닭고기에 두부와 죽순을 섞어서 끓여내 독특한

국물이 든 탕이 있었고, 양고기를 얇게 썰고 콩나물과 섞어서 요리한 것도 있었다.

쌀국수로 묻힌 것과 그 지방의 물고기인 계어를 국물에 익혀서 찍어 먹는 요리, 대나무의 죽순을 삼각으로 먹기 좋게 썬 다음 살짝 익혀서 푸른색 채소를 잘게 썰어 묻힌 것, 그리고 단팥죽이 나오는데 새알이 콩알만 한 것으로 우리나라 개성의 팥죽을 연상하면 될 것 같다.

반가운 새우튀김, 콩과 은행 볶음, 만두 그리고 수박이 나왔고, 녹차는 물처럼 마셔야 한다고 한다.

소남국 음식점의 규모는 건물 자체가 음식점으로, 엘리베이터가 상시 운영되었고, 드넓은 홀과 전각과 룸 등 흡사 커다란 성과 같았다.

식사가 끝나고 호텔로 돌아오니 벌써 밤 9시가 넘어 교수님 방에서 남자들끼리 대화 속에 새벽불을 밝혔으며 부인들끼리 역시 한 방에 모여 친교의 시간을 가진 가운데 여행 3일 차를 맞이하게 되었다.

넷째, 제3일(11. 13.)

중국 소주의 실크 공장, 졸정원, 한산사, 호구탑.

호텔 뷔페에서 조식한 뒤에 바로 전용 관광버스를 타고 소주로 향하였다. 호텔 입구에서 출발할 때부터 줄기차게 내리는 비는 다음 날까지 내려서 우중에 우산을 쓰고 관광과 여행을 해야만 했다.

상해시를 벗어나 약 2시간 정도 소요되어 도착한 곳이 소주의 호구산으로 산 정상의 높이가 놀랍게도 40미터, 호구의 정상에서는 소주의 상징인 운암사탑, 일명 호구탑이 있다.

호구탑은 피사의 사탑마냥 약간 기울어져 있다. 올라가는 입구에는 중국 전통 양식의 정원 등이 있었고, 역시 곳곳에 이어진 수로가, 수로 위로 다리 난간과 자연석과 누각 등이 멋지게 이어져 있었다.

수만의 관광객이 무리 지어 오르는 것이 보였고, 줄기차게 내리는 비를 바라보며 호구산의 정상에 오르니 호구탑이 보였다. 높이 47.5미터인 8각형 7층탑으로, 약 15도 기울어져 그 경사가 피부로 느껴졌다.

아이러니하게도 그 탑 안에 남루한 옷차림의 현지인이 살고 있는지 그곳에 있었다. 우리는 일행과 함께 정상에서 내려와 그 반대 방향으로 나오게 되었다.

둥근 타원 형태의 사각의 돌기둥과 리드미컬한 꽃과 수풀들, 수백 년의 풍상을 겪은 듯한 나무와 계단, 주술적인 3개의 문에 3개의 나무 재단이 특이해 보였다.

다리 밑에는 왜적이 침범하기 힘들게 정교하게 흐르는 수로가 유유히 흐르고 있었다. 정문을 나오니 호구탑이 '잘 가!' 라고 손짓하는 듯하였다. 여기는 춘추전국시대(기원전 770~476년) 말기에 오나라 왕 부차가 그의 아버지 합려의 묘역으로 조성한 곳으로, 그를 매장한 지 3일째 되는 날 하얀 호랑이가 나타나서 무덤을 지켰다는 전설 때문에 '호구(虎丘)'라는 이름이 붙었다. 현존하는 중국 최고의 벽돌 탑으로써 961년에 완성되었다 한다. 또한 소주는 '오월동주(吳越同舟)'와 '와신상담(臥薪嘗膽)'이란 유명한 고사성어가 생긴 곳으로도 유명하다.

하늘 아래 소주, 항주가 있고 하늘 위에 천당이 있다는 이야기가 전해지며, 중국의 4대 미인 가운데 하나가 소주의 서시라고 한다. 2,500년의 전통을 지닌 고대 도시로서 평야의 곡창과 비단 등 농업, 수공업이 발달하였고, 100만의 시민이 살고 있다고 한다.

시내는 건물을 5층 이상 지을 수가 없다고 한다. 이는 시내 곳곳에 그 유명한 졸정원(拙庭園)이 있기에 그런가 보다.

호구탑에서 다시 전용버스를 타고 이동해 시내의 한산사(寒山寺)를 찾았다.

비는 여전히 줄기차게 내리고 있었고 아담한 찻집 곁을 지나서, 절의 정문을 통과하여 경내를 구경하게 되었다. 대나무와 짙은 향불, 소원과 부적 등을 태우는 연기 뒤로 8~9층의 누각이 겹겹이 그 위용을 자랑하고 있었다.

자세히 소개하자면 남북조시대 양(梁)의 천감(天監) 연간(502~519)에 건립된 고찰로서 역대 중국의 여러 사건을 겪으면서 다섯 차례나 화재가 발생하여 소실되었고, 다시 소실되었던 것을 재건하는 등의 사연이 많았던 건물이라고 한다. 현존하는 건축물은 청나라 마지막 선통(先統) 3년(1911)에 증설되었다.

육조 시대에 세워진 고찰로서 당나라 시인 장계(張繼)의 '중교야박(楓橋夜泊)'이라는 시로도 유명한 사찰이었고, 당나라 때는 일본에서 유학을 오기도 했다. 당대 승려인 한산이, 이 절에 기거한 후부터 '한산사'라고 부르게 되었으며, 특히, 한산사 안의 종루에 있는 종은 원래 1,400년 전에 만들어진 것이었는데, 청나라 때 일본인이 약탈해 가서, 현재 있는 종은 1907년에 만든 종이라고 한다. 일본에서 사과의 뜻으로 보내온 종은 대웅보전 안에 보관되어 있다.

전용버스는 빗물이 줄줄 흐르는 거리를 지나 멈추었다. 우리는 가이드를 따라서 우산을 펴고 줄줄이 내려서 식당(보통 주점)으로 들어갔다. 들어가는 도중에 거리의 상인들이 안마기 등을 팔려고 난리법석이었다.

일단은 무시하고 음식점에 들어가서 식사한 연후에 다시 차에 오를 때 안마기를 구경했다. 1000원에 2개였는데, 출발한다 하니 원화 1000원에 4개로 판매한다 하여 구매하였지만 결국은 다 부서지고 어그러지고 하는 상황이 되었다.

한참 지나서 가이드의 안내에 따라 실크 공장에 도착해 보니 이미 연락이 된 듯 작은 홀에 들어가게 되었다. 이 지방에서 나는 비단(명주)으로 만든 제품을 모델들이 입어 보고 선을 보이는 패션쇼였다.

패션 모델들이 겉옷과 속옷 차림으로 5~6명씩 걸어 나와서 스카프와 원색(단색)의 슬립과 치마 등을 보여 주었는데 아름답기가 그지없었다.

키가 크고 늘씬했지만 걸음걸이나 긴 머리 등으로 봐서 우리나라 여성보다는 덜 아름다운 느낌이다. 나중에 알고 보니 모든 게 구매 심리를 자극하기 위한 것이니 그들의 상술이 또한 대단하다.

패션쇼가 끝나자 다음 코스로 이동하여 가 보니 누에고치에서 직접 실을 뽑아내는 작업 과정을 보여 주는 곳이었다. 누에고치가 약간은 따뜻한 물에 잠겨 있었다. 잽싼 손놀림으로 윗 단계 기계 위에 걸리면 누에고치 한 개에서 3m의 실이 나온다 한다.

옛날 고향에서도 뽕나무로 많이 키웠다. 창고에서 흰 누에가 뽕잎을 갉아먹고 자라는 모습과 어느 날 보면 서서히 자기 집을 만들고 스스로 그 안에서 애벌레화되고 고치가 되어 가는 과정을 보았다. 길거리에서 오백 원 천 원하며 번데기로 사 먹었던 기억 또한 새롭다.

다시 돌아와서 다음 코스(방)로 가니 누에고치 하나하나 걸어서 풀어 낸 것 중에 명주실 말고 솜으로 만드는 과정을 보았다.

누에고치 풀어 낸 것을 죽~~ 넓히는 작업을 4명의 여인이 하고 있었는데, 4곳 귀퉁이에서 잡고 늘리면 덮거나 깔고 잘 수 있는 솜이불 크기로 늘어났다. 200여 개 이상을 계속 쌓으면 하나의 명주솜 이불이 되는데 무게를 느낄 수가 없을 정도로 가볍고 촉감 또한 보드랍고 윤기가 나 보였다. 여기서도 우리 학우들이 삼삼오오 이불을 구입하는 것을 보았다. 이불겉감도 많았는데 색상은 매우 화려하나 우리나라와 비교할 때 값이 비싸다는 느낌이 들었다.

다음 코스는 이 지방에서 나는 명주실로 만든 비단과 원색(단색)들의 옷과 속옷, 일상 생활에 쓰이는 스카프 등이 있는 꽤 넓은 매장이었다. 안에서 많은 관광객들이 물건을 고르고 있었다.

실크의 주산지답게 나중에 보니 시내 전체가 옷가게로 즐비하였다. 우리 역시 기념으로 스카프 등을 100위안 주고 샀다. 솜이불 등은 추후 호텔까지 배송해 주고 세관 등도 아무런 제재가 없다 한다. 밖으로 나와 다시 전용버스를 타고 시내를 질주하여 중국의 4대 정원 중의 하나인 졸정원을 방문하게 되었다.

소주를 대표할 만한 정원으로서 면적이 4ha로 중국 정원 중에서도 최대의 규모를 자랑한다고 한다. 옛날 명나라 때 왕헌신이 고향에 칩거했을 때 축조한 것으로, 1522년에 조성된 오래된 정원이다.

위치는 소주의 동북가(東北街)에 있으며 진대의 시 한 구절 '졸자지위정(拙者之爲政 : 어리석은 자가 정치를 한다.)'에서 본따 이 정원을 '졸정원(拙政園)'이라 칭하였다고 한다.

정원의 60% 정도가 연못과 수로로 되어 있고 물을 멋지게 다스려 놓은 듯했다. 자연과 조화롭게 배치된 누각과 정자의 아름다움에 그저 감탄사가 저절로 나올 수밖에 없는 그런 곳이었다.

여기 시 한 수.

역사가 살아 숨 쉬는

장강의 대하가

정교하게 흐른

중국 소주의 졸정원

중각 4대 정원 중에 으뜸인

이곳의 고목들

자연 속에 빼어난 경관

수로가 이어져

연이은 감탄의

탄성

빗소리에 묻혀

세월 잊고

신선이 된 듯 육각정자

2층 누각 가득

대나무 숲길 사이로

오늘이란 세월을 보듬고

쉼 없이 흐른 동원과 중원 그리고 서원

연꽃향기 퍼져 원향당

연못 위로 떨어져 내린 빗방울 소리 가득

발자국과 시선을 붙들어 놓고

정원 가득 플래시 터지는 소리를 뒤로 하며 장소를 이동하기 위하여 버스에 올랐다.

시간은 사정없이 흐르고 내리는 비는 하루 종일 그치지 않고 내린다. 장소 이동 중에 우리나라로 보면 고속도로인지 지방도로인지 무척이나 차가 막혀서 길 위에서 늘어지게 눈을 감고 뜨고 하다 보니 어둠이 몰려온다.

목적지인 주장에 도착하였으나 유람선 타는 시간은 이미 지나가 버렸고, 거리는 옛날 성곽과 기와집들이 즐비하였다.

창문은 불이 꺼져 있고 기와집 2~3층 처마 끝쪽에 매달린 전기불빛이 깜박였다. 먼 곳에서 보는 야경은 그런대로 멋있어 보였다.

여기서 중국인들의 또 다른 허장성세와 상술이 보인다. 비는 계속 오고 춥고 배고픈 지경이 되어 근처 구멍가게에 갔다. 간장으로 껍질이 있는 그대로 익은 계란 1개가 1위안, 찐빵 1개에 2위안, 찰밥 1개 역시 1위안을 주고 먹으니 시장기가 조금은 사라졌다.

현지 가이드가 오늘은 마지막 밤이기에 삼겹살에 한식으로 저녁 식사한다고 하니 우레와 같은 박수가 터져 나왔다. 다시금 긴 여정을 달려서 상해시로 들어와 우리나라 한식집으로 자리하여 저녁 식사를 하였는데 무엇인가 빠진 듯한 느낌이 들었다.

이화명주(우리나라 소주 정도), 역시 45°의 독한 곡주 한잔으로 허한 속을 달래면서 호텔로 돌아와 보니, 밤 10시여서 피곤을 핑계로 곧바로 잠자리에 들었다.

다섯째, 마지막 날(11. 14.)

예원, 상해 임시정부청사, 남경로, 태가촌, 중국의 차(茶)

호텔에서 아침 식사를 끝내고 관광버스로 이동하여 상해 중심가에 내렸다. 아마 마지막 날이라서 쇼핑을 하라고 데리고 온 것 같았다.

상해시 시가지마다 창문 틈에 걸려 있는 빨래가 총천연색이다. 팬티부터 일반 옷에 이르기까지 대나무를 이용해서 만국기처럼 걸려 있었다.

그만큼 일조권이 없고 햇빛 받기가 어렵다 한다. 굉장히 복잡한 거리 안쪽에 '예원'이란 정원을 방문하였다. 1559년 명나라 때 착공하여 18년 만에 완공한 상해시의 칭찬

거리의 정원이다.

명나라의 관료였던 반윤완이 부모를 기쁘게 하기 위하여 지은 정원으로서 창파림, 사자림, 유원, 졸정원 등 소주의 4대 정원과 함께 강남 명원이라 불린다.

예원이라는 이름은 유열노친(愉悅老親 = 부모를 기쁘게 한다.)의 '유' 자와 '예' 자의 뜻이 같은 데서 연유한 것이다.

여전히 비는 내리고 정원 가득히 중국 전통의 양식의 연못이 보였다. 누각과 문 등의 문양이 독특하였다. 입구에는 관광객을 위한 상품점들이 즐비하게 있었다. 여기저기 상점들을 기웃거려 보았지만 물건은 사지 아니하였다.

쇼핑이 끝나고 점심은 소수민족으로 이루어진 태가촌에서 중국 요리를 택했다. 무대에서는 고유 풍속의 복장을 입은 이들이 나와서 춤을 추었다. 춤추는 여인과 남성의 몸놀림이 매우 유연하였으며, 느끼한 음식에 김치와 고추장(튜브형)을 내놓고 먹을 수밖에 없었다.

식사를 마친 후 중국 전통의 차를 팔고 달이는 곳으로 갔다. 차를 달이는 모습이 매우 정갈하게 보였다. 우리나라의 보성녹차를 그들이 알고 있었으며 우리 학우들이 선물용 등으로 많이 사는 것을 보았다.

그후 우리나라의 역사가 스민 상해 임시정부청사를 방문하게 되었다. 주변의 주택가에 위치한 곳으로서 애환이 깃들어 보였고, 삐걱거리는 계단으로 올라가서 그때 당시의 모습이 재현된 그림이나 글, 책과 사용된 용품 등을 보았다. 우리의 역사가 숨 쉬는 이곳을 상해시에서 관리하며 일종의 관광 상품으로 전락시킨 것에 대한 의구심과 착잡한 마음이 앞섰다.

관광을 마치고 오후 3시 전후하여 공항으로 이동하였다. 출국 절차 후 안에 들어가서 면세점에 들려서 귀룡주(중국술)를 200위안과 나머지 달러를 주고 샀으며, 중국 민항기에 안착했다. 흐릿한 상해의 전경을 뒤로하고 비행기가 떠오르기 시작하였다.

칠흑 같은 어둠 속을 계속 가다 보니 우리나라 상공의 환한 불빛이 반겨 준다. 인천 국제공항에 도착하여 출국 심사 후, 짐을 찾아서 맡겨 놓은 승용차를 찾아서 서울 보금자리로 이동했다. 무사히 집에 도착! 보람 있고 알찬, 짧지만 기억에 남는 여행이 되었다.

서울 시립대학교 도시과학대학원 방재공학과 5학기차

천 원의 행복

겨울답지 않게 포근한 날씨.

광화문 네거리는 어둠을 밝히려는 네온사인과 각종의 조형물, 선전을 위한 광고 간판이 형형색색 빛을 발하고 있었다. 건너 교보 빌딩의 대형 현수막에는 아름다운 글귀가 읽어 줄 누군가를 기다리듯이 손을 흔들고 있었다.

정해년 새해가 시작된 지 벌써 1월 중순.

오늘은 매우 뜻깊고 특별한 날이다.

서울시에서 서울 시민 문화 충전의 일환으로 가장 저렴한 천 원으로 누리게 되는 행사에 초대되었다.

저녁 무렵 아내와 같이 지하철을 타고서 시청역에서 내려서 덕수궁 돌담길을 지나 옛날 시민회관이 있던 자리, 지금의 서울시 시의회 건물이 있는 곳을 걸었다. 조금 지나니 조선 호텔이 있고 저 멀리 광화문이 열병식 하듯이 줄 세워 놓은 관공서 옆에 세종문화회관이 자리잡고 있다.

좌석은 2층 D열 111번과 112번 정중앙에 위치하고 있었다. 반가운 이들, 모르는 이들, 모두가 기대에 찬 듯한 표정이었다.

사실 서울 시민이지만 세종문화회관의 공연을 보고 감상한다는 것은 그리 쉬운 일이 아니다. 누구나 쉽게 볼 수 있지만 공연 내용은 매우 수준 높은 것으로, 6단계 프로젝트로 서울 시민의 행복지수를 한 차원 높이는 데 일조를 하리라 본다.

홀 안은 후~끈한 열기로 가득차 있었고, 사회를 보는 탤런트 강석우와 이하늬의 멘트가 시작되었다.

이하늬는 미스코리아 출신답게 수준급의 미모를 지니고 있었다. 서울대 음대 대학원을 졸업하여 동생과 함께 미국의 카네기홀에서 공연한 전력이 있다는 남자 사회자의 전언이 있었다.

청중으로 온 오세훈 서울시장을 비롯하여 이탈리아 대사 등 유명 인사들도 소개되었다.

아내와 같이 좌석에서 다양한 장르를 체험하게 되었다.

모티브는 "세계 속 우리의 소리와 몸짓"이었다.

◎ 테마 1.「전통의 숨결을 느끼며」

먼저 서울시 국악 관현악단의 수제천을 감상하였고, 두 번째에는 서울시 무용단의 진도북춤을, 세 번째는 '춘설'이란 제목으로 황병기 교수의 가야금의 연주를 들었고, 네 번째는 안숙선 판소리 명창의 걸직한 입담과 함께 흥부가 중에서 박타는 대목을 정말 실감나게 감상하였다.

◎ 테마 2.「전통, 또 하나의 경계를 넘어」

첫번째는 '헤이야, Summer time'이란 제목으로 해금 연주자 강은일과 '해금플러스'라는 팀이 전통음악을 바탕으로 동서양의 다양한 악기를 접목해 들려주었다. 이들은 전통음악을 현대적으로 선보이는 크로스오버 음악의 선구자로 불렸는데, 같이 협연한 탭댄스의 경쾌한 발바닥의 소리와 해금의 음악이 어루어진 한마당이었다.

두 번째는 '백만송이 장미'와 '봄'을 열창한 이즈(Is)그룹인데, 세 쌍둥이 자매로서 김진아^(가야금), 김선아^(거문고) 막내 김민아^(해금)가 퓨전 국악이 아닌 진정한 국악을 들려주었다. 심수봉이 부른 '백만 송이 장미'는 초절정의 멋진 화음과 음률로 재해석되어 그렇게 고울 수가 없었다.

세 번째는 가수 이정선이었는데, 앞서 공연한 이즈와 함께했다. 이정선은 현재 이정선 밴드로 활동 중었다. 그는 통키타 연주와 함께 저음으로 '고향길' 그리고 '나들이' '뭉게구름'을 열창하여 많은 박수갈채를 받았다.

◎ 테마3. 「세계 속 우리의 소리와 몸짓」

첫 번째는 총 17명으로 구성된 B-boy RIVERS CREW의 공연이었다. 1997년 창단 10년째를 맞는 우리나라 최초이자 최고의 비보이 리버스 크루 그룹으로서 국내대회는 물론 세계대회에서 4차례나 우승을 해 그 진가를 보여 주었다고 한다. 이날도 청소년의 우뢰와 같은 박수와 함성을 들었다.

현란한 몸동작과 손놀림 그리고 머리를 땅바닥에 댄 채로, 아니면 한 손에 의지하여 원을 그리며 돌고 도는 춤 그리고 공중회전 등 수없는 묘기가 이어져 젊은이들의 우상이라는 것이 실감되었다.

두 번째는 숙명여대 가야금 연주단과 비보이의 협연이었다. 장엄한 가야금의 합주는 일곱 차례 정기 연주회를 가졌고, 음반을 5종이나 발매한 이력이 있는 실력 있고 아름다운 가야금 오케스트라로서 케논 변주곡과 Let it be, hey jude 등을 연주하였다.

마지막으로 사화자의 인사말과 함께 여정은 끝이 났다. 본래 9시 30분 예정을 훨씬 넘어서 10시에 종료되었다.

지하철을 타고서 집으로 돌아오는 길, 멋진 선율과 함께했던 아련한 겨울밤이 행복한 포만감으로 가슴을 뭉클하게 했다.

천 원의 행복을 만든 관계자들에게 진심으로 감사한다.

2007년 1월 15일 저녁
세종문화회관 공연을 다녀와서

삶이란 향기를 건져 올린 그대

　하늘빛 싱그런 태양이 그처럼 아름다울 수가 없었어. 떠
다니는 잔털 같은 구름도 이곳저곳에서 노닐다가 서서히
무르익어 그림자 뒤로 숨고, 석양 노을이 바람벽을 스치고
흐르면 도심 속에 한적한 마로니에 공원은 푸른빛에 잔디
와 사이사이마다 정답게 서 있는 자그마한 숲에 친구들.

　분명히 그 길은 길이 아닐지라도 마음의 길이기에 희뿌
연하게 도드라져 보이는 오솔길이 눈앞에 지척. 먼 빛 나무
자락 사이로 아파트 군이 근엄하게 보이지만 살랑 바람결
에 어우러져 다가온 푸른 신록에 발자국이 정겹게 그녀의
등 언저리 옅은 무늬에 옷자락으로 스며든 모습.

　갑자기 초록의 초원 위에 가지런히 걸어올라 청초한 모습
으로 다가선 시선이 아름답게 아미를 붉게 물들이고 사이
사이 피어난 잔디 위로 곱게 무리 지어 피어오른 클로버의
모습들.

　자운영과 어울려 클로버의 꽃 모음이 그녀의 가녀린 손
목 위 한 쌍 시계 줄쳐져 십수 년의 소녀 시절이 홍조 띤

얼굴로 다가와서 재잘대던 그 순간.

어느덧 성년이 되어 성숙한 여인이 내 앞에 선 그녀의 모습. 향내 나는 자연을 바라다 보다 갑자기 멈춰진 그곳은 피안의 세계. 일순간 합쳐진 탄성이 작은 내면의 공원을 두드리며. 삶이란 향기를 살포시 건져 올린 그대.

가지런히 모아 소우주의 모습으로 영원히 남고자 함이다.

석양과 그늘과 바람소리가 음악으로 또, 다른 내일을 약속하는 은근의 미소가 스며오는 싱그런 네잎 클로버와 함께 귀밑머리 날리며 석양 노을 등지고 여운의 행운이란 발자국을 수놓아 가고 있는 그대라는 여인.

행복한 삶을 위한 블루오션 전략
그것은 안전

산과 들판은 겨우내 움츠렸던 가슴을 펴고 옷 갈아입기가 한창이다.

터지도록 팽팽한 초록 바람에 분홍 치마폭 떨치며 봄비에 환청처럼 우는 진달래, 향기로운 사랑에 자지러지는 백목련, 세월이 자꾸 목에 걸려 젖은 목 말리는 풋풋한 눈웃음, 생명이 움터 오는 소리가 드러내진 않아도 눈에 보이듯. 떠오르는 아침 햇살 무지개로 뜨는 얼굴, 물 먹은 들풀들이 서걱인다.

그리움의 봄 향기 물안개 속에서, 툇마루 햇살 한 사발 엎질러져 사랑채를 강물 위에 띄워 보고, 시린 듯이 다가오는 청계 우면 누리, 맨손바닥으로 쓸어 담는 인고(忍苦)의 세월, 그래도 희망의 봄기운이 뜰에 내려와 소방인의 염원인 행복한 삶이 이루어지리라 본다.

그래서 사계절 중에 봄이, 봄 햇살이 으뜸이다.

행복의 조건 중에서 여러 가지가 있겠지만 첫째는 건강, 둘째는 화목한 가정, 셋째는 본인이 할 일, 넷째는 진정한 친구를 꼽을 수 있다. 화목한 가정의 가장이 되어 좋은 친구와 하고자 하는 일이 있을 때 자기 만족으로 이어져 진정한 행복이 누려진다고 했다.

〈인생의 다섯 가지 자본〉에서도 비슷하게 말하고 있다.

첫째는 건강이다. 그러니 불화나 스트레스, 욕심은 경계해야 한다. 둘째는 시간이다. 즉 'time gold'라 하여, 인생은 종착역을 향해 달리는 열차라 한다. 달리는 열차에서 내리는 역이 인생의 종착역이다. 그러므로 주어진 시간은 유용하게 보내야 한다는 것이며, 달리는 열차를 누구든지 잡아 주지 않는다는 철학이 중요하다.

셋째는 생존 수단이 되는 적절한 기술이나 지식이 있어야 한다. 사회는 냉정하다. 사람은 환경에 적응하지 못하는 자, 환경에 적응을 잘하는 자, 환경을 지배하는 자(개척자)로 나누어진다고 한다.

넷째는 적절한 경제력이다. 반드시 확보해야 하는 것으로 자본주의 사회에서는 생명과 직결되며 모든 것이 이루어지지 않는 것은 핑계에 불과하다. 이 사회는 공짜가 없다는 것을 직시해야 한다.

다섯째는 도덕심이다.

사람과 짐승이 구별되듯이 항상 본인의 손해를 봐야 하

는 것이 사회라고 한다. 그래서 가족, 동료, 친인척, 친구가
소중한 것이다.

  2011년 2월 28일 화요일 경향신문 24면을 보면 2011년
최고의 시는 안도현의 '일기'로서 계간 〈시인수첩〉 가을
호에 실렸던 것이고, 시집(詩集)은 문학과 지성사에서 출간
한 박형준 시인의 《생각날 때마다 울었다》가 선정되었고,
단편소설은 박형서의 〈아르판〉이, 장편소설은 문학동네에
서 출간한 한강의 《희랍의 시간》이 선정되었다.
  한편 지난해 최고의 한국 영화는 이한 감독의 〈완득이〉
가, 외국영화는 캐나다 출신의 드니 빌뇌브 감독의 〈그을
린 사랑〉이 차지하였는데, 우리 소방인들도 정서 함양을
위하여 잠시 눈을 돌려서 좋은 도서나 좋은 영화 한 편 감
상하는 여유를 부려도 되지 않나 싶다.

  그러면 행복한 삶을 위한 블루오션 전략에 대하여 본격
적으로 이야기해 보자.
  유혈 경쟁을 의미하는 레드오션(Red ocean)의 반대 개념
인 블루오션(Blue Ocean)은 유혈이 낭자한 개인과 개인의 경
쟁에서 벗어나 푸른 바다로 나아가자고 하는 것. 즉, 경쟁
이 없는 거대 시장에서 싸우지 않고 이기는 대승전략을 의
미한다.

소방 특성상 언제 어디서든지 어떠한 위험 요인이 발생할지 모르니 그에 대한 적절한 대응이 유기적으로 이루어져야 하기에, 그 상대방[(화마(火魔) 등 각종 재난]은 살아 있는 생명 유기체라고도 볼 수 있다. 보이는 적이든, 보이지 않는 적이든, 상대하려면 직원 상호 간에 관계를 살펴야 한다.

하버드대 교수 로버트 칼츠는 이렇게 이야기한다.

첫째, 'Top Management는 Conceptual Skill'이 필요하다고 한다. 이는 고급 지휘관으로서 종합 판단 능력과 강력한 리더십이 요구된다.

둘째, 'Middle Management는 Humanly Skill'이다. 이는 대인 관계 조정 능력으로서 중간 관리자의 역량을 이야기한다.

셋째, 'Low Management는 technical skill'로서 각종 현장 일선에서 화재, 구조, 구급 및 각종 재난 현장을 누비는 직원과 행정 지원 내근 요원들에게 해당하는 사항이다. 실무자로서 지식과 기술 능력이 겸비되어야 한다고 역설한 바 있다.

그래서 직원 상호 간의 신뢰 형성이 매우 중요하다고 하겠다. 볼 줄 아는 눈과 잘 이야기할 줄 아는 입, 경청하는 귀를 지니고 열린 사고를 할 수 있어야 한다.

또한 일명 그 유명한 "통하였느냐!"라는 문구에서 보듯이 인간 관계는 만남(meeting)으로 시작되고, 만나면 표현

(expression)을 통해 발산되며 의사소통(communication)으로 더욱 성숙되어 참된 감정의 교류를 통하여 완성된다고 한다.

생사고락을 같이하는 연속선상에서 24시간 대기 근무를 하고 있기에 우리는 서로에게 좋은 모습을 유지해야 한다. 각종 재난 안전 사고에서 끈끈한 동료애를 다지고 각종 애경사에 적극적 참여하여 수직 관계가 아닌 수평 관계로서 상호 존중하는 마음을 지녀야 한다. 일부 직원들의 이분법적인 태도와 구태의연한 모습, 변화에 소극적이고 배타적이며 단체 행동에 참여하지 않는 모습은 좋지 않은 모습이다.

어떤 현장이든 생(生)과 사(死)를 넘나드는 각종 사고 현장에서 귀중한 생명을 스스로 구하는 모습이나 진정한 소방인의 혼(魂)과 시민을 위한 봉사 정신, 특수한 동료애와 아무런 대가 없이 일을 할 수 있다는 모습에서 우리 고결한 소방 정신을 찾을 수 있는 것이다.

특히 어느 조직이든 간부로서의 역할과 책임이 따른다고 본다. 리더로서 결단력과 솔선수범, 베풀 수 있는 아량이 있어야 한다.

또한 조정자로서 친화력과 관용이 요구된다. 책임 있는 간부라면 전문성을 함양(자기 계발)해야 하고, 행한 업무에 대한 신뢰성, 코칭 능력이 있어야 한다.

즉, 첫째는 상대가 원하는 목표를 달성하도록 도와주고

성과나 교훈을 얻도록 하는 일이며, 코칭의 내용은 언제나 답은 상대방 안에 있다고 하며 둘째는 상대방이 이야기를 하면 들어주면 된다(해결책을 줄 필요 없이). 셋째는 최고의 동기 부여를 해야 한다(그러면 진심이 통한다고 한다).

마지막으로 우리 소방인이나 일반 시민이 잘 아는 안전에 대해 간략히 살펴보고자 한다. 가정이나 직장에서의 안전 관리는 그 사회의 문명의 바로미터이고 행복한 삶의 척도라 할 수 있다. 특히 안전을 책임지고 있는 우리 소방인으로서는 매우 중요하다고 보겠다.

요즈음 우리 소방청 및 우리 서울 본부에서도 핵심 과제로서 매일 매주 매월 분기별 위험 예지부터 다양한 훈련과 안전관리 시트 등을 통하여 사고 위험을 최대한 줄이려고 다각적으로 총력을 기울여서 진행하고 있다. 살아 있는 조직의 경우 늘 진행형이라 볼 수 있다.

화재 진압, 구조, 구급 등 수많은 사고 현장에서 느끼는 것은 혹여 구조 대원이 요구조자보다 본인마저 요구조자 입장이 될 수도 있다는 것이다. 이렇게 되면 바로 사고로 이어지기에 위험하기가 말로서는 표현할 수 없다. 앞서 이야기한 것처럼 재난 현장은 도심 속의 정글과 같아서 어떠한 위험이 도사리고 있는지 예측 불가능하지만 예측 가능 범위까지 접근해서 정밀하게 시민의 생활과 안전을 위하여

정확한 구출을 하여야 소임을 다한다고 본다.

　안전(安全)과 사고(accident)와의 관계 정립이 필요하다. 우리는 안전 관리를 담당하는 기관이기에 어떠한 사고나 재난으로부터 위험을 체계적으로 관리하여 사고를 미연에 방지하는 시스템을 갖춰야 한다.

　현장 안전 관리를 할 때는 머피의 법칙과 하인리히 이론을 염두에 두어야 한다. 익히 아는 도미노 이론도 고려해 사고를 방지하기 위하여 사전에 불안전한 상태 외 행동을 제거해야 한다.

　Frank Bird 이론은 하인리히 다섯 개 골패 이론을 보완한 것으로서, 역시 세 번째 사고 이전 직접 요인(징후)을 제거하면 되는 것이다.

　1:10:30:600이 사고(事故) 구성 비율라 한다. 기타 차베타키스의 최초 도미노 이론 5단계, 아담스(Edward Adams)의 연쇄성 5단계 등의 이론이 존재한다.

　현장에서의 선착 대 현장 지휘관(센터장, 부센터장, 차상급자, 구조대장, 부대장 차선탑자)의 역할이 정확해야 하며 본서 현장 지휘관 도착 시까지 현장 지휘를 해야 한다.

　1순위가 출동 대원의 안전 관리 확보다.

　2순위가 인명 구조 검색, 대피 유도이다.

　3순위가 화재 연소 확대를 저지하여 화재 피해를 최소

화하는 데 있다.

　우리 소방인의 사명은 실로 숭고(崇高)하다. 생명과 직결되기에 한 치의 소홀함 없이 작전 수행이 완료되어서 나의 행복이 가정과 소속된 직장과 지역 주민, 더 나아가 시민과 국가에 전해질 때 자긍심을 느끼고 알찬 보람을 갖게 될 것이다.

　창밖은 개나리 진달래가 활짝 웃고 있고 푸릇푸릇 피어오른 연녹색의 수양버들이 한들거린다. 오늘도 후정에서 소방왕 선발 대회 관련하여 연습 훈련에 구슬땀을 흘리고 있는 대원들에게 힘찬 응원과 격려의 박수를 보낸다. 매일 아침 교대 점검시 항상 하는 안전 구호의 우렁찬 복창 소리가 귓가에 맴돈다.

제7부

후기

순수한 서정성의 그리움과 감사를 담은 시
-《마음에 고운 별이 쏟아지고》에 담긴 손옥경 시인의 시 세계-

이춘원 시인

I. 들어가면서

詩人은 나무를 키우는 사람이다. 한 그루의 나무를 심고 언어의 잎과 꽃을 피우고 아름다운 열매를 맺을 수 있도록 정성으로 가꾸는 사람이다. 그 言語는 깊은 사색 속에 조화를 이루어 광합성을 할 수 있는 마음의 언어다. 사람의 마음속에 들어가 물결을 일게 하고 바람을 불게 하는 살아 있는 언어다.

우리나라에는 1,000여 종의 나무가 있다. 나무마다 특징이 있어 그것을 기준으로 나무를 분류한다. 나무 모양도 다르고 잎의 모양, 꽃 색깔과 향기도 서로 다르다. 같은 나무의 꽃이라도 똑같은 꽃은 한 송이도 없다.

여기 한 그루의 나무를 키우는 한 시인이 자기만의 시의 열매를 맺어 나무에 달았다. 우리를 살게 하는 자연의 고마움과 창조주에 대한 감사의 마음으로 잎을 달았다. 언제나 기다려 주시는 어머니와 고향에 대한 그리움의 꽃을 피우고, 유년 시절의 깨알 같은 추억을 되살렸다.

손옥경 시인은 삼십여 성상을 공직에 몸을 담아 왔다. 이제 공직 은퇴를 앞두고 그동안의 시편들을 모아 한 권의 시집으로 엮어 세상으로 내보냈다.

공직을 마감하면서 보람을 느끼기에 앞서 미래에 대한 두려움과 기대가 교차할 것이다. 인간 수명 일백 세를 바라보는 때에 육십에 천직으로 여겨 오던 직장을 떠나야 하는 것이기 때문이다.

부양해야 할 가족이 있고, 아직도 많은 길을 가야 하는 삶의 노정이 있으므로 무사히 공직을 마쳤다는 안도감보다 먼저 밀려오는 두려움은 어쩔 수 없을 것이다.

그러나 오늘, 손옥경 시인은 세상에 대한 그런 두려움에서 벗어나 있는 것을 볼 수 있다. 살아온 삶에 대한 보람과 앞으로 펼쳐질 세상 길에 대한 푸르른 기대를 노래하고 있다.

떨림이 있다면 남은 인생을 기름지게 하기 위한 소망의 떨림이 있는 것이다. 마음에 품고 있는 언어들을 풀어내어 삶의 흔적들을 남기기 위한 설렘이기도 하다.

추억을 담은 노래들도 아픔과 회한의 한숨이 아니라 소망을 이야기하고 있다. 살아 있다는 것에 대한 감사이기도 하다.

이제, 시인이 풀어 놓은 마음 밭에 들어가 그가 피운 연둣빛 잎들의 노래와 향기 머금은 꽃들의 노래를 들어보자.

그의 삶의 여정이 담겨 있는 자연과 고향, 아름다운 인연들에 대한 추억과 그리움, 세상을 향한 소망의 노래들을 들어보며 시인이 주고 싶은 향기로운 마음의 열매도 함께 누려 보기를 바란다.

II. 겨울은 봄으로 가는 소망의 길목

詩人은 사계절이 뚜렷한 조국의 자연환경에 대한 감사와 감동을 노래한 작품이 유난히 많다. 봄과 가을, 여름과 겨울의 변화와 그 속에 세월을 함께 지내 온 시인이 자연과 동화되어 부른 시편들이 많이 있다.

봄은 생명의 계절이다. 생명이 오기에 소망의 계절이다. 시인은 봄이 오는 모습 속에서 소망을 '향긋한 소년의 손끝은 흙냄새로 / 샛길은 놀라운 변모의 태도'로 노래한다.

보라매공원의 연못가에는 큰 수양버들이 여러 그루 있다. 아마 손옥경 시인은 겨울이 막 지나가는 어느 봄날, 수양버들에서 봄의 소망을 보았던 것 같다.

알싸한 머플러 / 긴 머리 찰랑이는 머리칼
매듭으로 이어진 / 가녀린 가지마다
생명의 봄 피워 내어
[봄날 2, 4연]

요즈음 세상사의 흐름은 혼돈 그 자체인 것 같다. 국제 사회는 힘의 논리에 지배되어 어제의 동맹국이 버림을 받고, 지난날 적대국이 강성하여 졌다는 이유로 동맹국으로 변하는 정의와 진실이 외면받는 시대다. 나라 안에서도 마찬가지이다. 배려와 존경이 사라지고 자기가 서기 위해서 남을 짓밟고 올라서는 것이 당연시되어 버린 아픈 시대이다.

세상을 보면 희망이 없고, 삶이 참 팍팍하다.

그러나 우리가 살아가는 분명한 이유는 아직도 변하지 않고 있는 것이 있다는 것이다. 세상사와 관계 없이 어김없이 찾아오는 봄, 계절의 변화 속에 하나님의 섭리가 있다. 병들어 가고 있지만 버리지 않고 가꾸고 지켜나가야 할 소중한 생명, 함께 누리는 기쁨이 있기 때문이다.

심술 난 황사가 바다 건너와 / 돌아다녀도
버들개지 풀피리 소리 / 아지랑이 피어오른 시냇물
얼음 풀린 산야
[봄날 3, 1연]

겨울 뒤에 봄을 두신 뜻을 생각하면 감사하지 않을 수 없다. 가난의 시절을 견딜 수 있는 힘은 그 뒤에 반드시 행복이 있다는 것을 믿기 때문이다.

'겨우내 힘들어하던 / 그날들이 / 어느새 봄눈 녹듯이 사라지고 / 내 마음은 봄물로 / 물들어와 / 사월의 신록을

준비하고 있네요.'

　칼바람 부는 겨울이라 할지라도 분명히 꽃피는 봄이 올 것을 믿는 믿음이 있어 고난도 행복할 수 있다고 시인은 노래하고 있다. 봄비는 얼어붙은 대지를 녹이고, 생명의 움을 틔우기 위해 검은 땅을 들어 올리는 푸른 생명에게 보내는 힘찬 응원의 박수이다.

　봄비는 겨울과 봄 사이에, 그리고 어둠과 밝음 사이에 화평을 주는 초록빛 선언이다. 이것이 바로 '신이 주신 최고의 선물' 사랑의 입맞춤이다.

　　　　　향기 가득 꽃봉오리 / 이 땅에 머무는 그 시간
　　　　　　　　　삶의 여정이 한정적이기에
　　　　　사계절 열정으로 / 꽃샘추위도 이겨 내
　　　　　마음의 밭을 날마다 가꾸어 낸 그대
　　　　　　　　그대 때문에 행복했네
　　　　　　　　　[봄바람, 일부]

　　　　　촉촉이 사랑을 주는 / 화평의 오후
　　　　　신이 주신 최고의 선물 / 봄비입니다.
　　　　　　　　　[봄비 1, 일부]

　시인은 작품을 통하여 '봄과 겨울'을 '소망과 어둠'으로 대비시켜 인생의 여정을 이야기하고 있는 것을 볼 수 있다. '봄바람, 따사로운 햇살, 은빛 날개, 꽃봉오리, 꽃길, 화평' 등으로 봄의 이미지와 소망의 의미를 드러냈다면, '황사, 총성, 시샘하는 봄바람, 아픔의 경제, 어두움' 등으로 절망과 겨울의 이미지를 표현했다. 그러나 결국 겨울은 봄으로 가기 위한 길목이고, 절망은 극복하여 소망으로 나아가는 과정임을 노래하고 싶었던 것을 알 수 있다. 작품 속에 나오는 아픔과 절망 등은 삶에 대한 의지의 표현이고, 넘어서야 하는 간절한 바람의 기도이다.

'절절한 아픔의 경제이지만 / 오고야 마는 새봄을' 확신하는 것이다. 그렇다. 우리의 삶이 무너지는 듯한 아픔의 연속일지라도, 무너진 터 위에 돋아나는 새싹을 보리니, 그것은 하늘에서 주는 선물, 봄비가 있기 때문이다. 인생의 봄비가 나를 위해 준비되어 있다는 사실이 오늘, 우리가 세상을 포기하지 않고 살아가는 이유와 힘이 되는 것이다.

공직을 은퇴하는 해에 지나온 세월을 뒤돌아보는 것은 아픔이 아니라 가슴 뿌듯함이요, 아름다운 추억이다. 마치 눈을 뚫고 나오는 노란 복수초를 보는 것이다. 하얀 눈 얼음을 머리에 이고 고개 내미는 산속의 복수초는 추운 겨울의 아픔을 노래하는 것이 아니라 기쁨을 주는 소망의 빛으로 오는 것이다.

절절한 아픔의 경제이시만 / 오고야 마는 새봄을
그래도 임이 오는 그리움의 아지랑이
봄날의 향기를 그대와 같이 기다릴래요.

[봄비 2, 2연]

황사 먼지가 창밖을 / 시야를 흐리지만
남과 북의 소리 없는 총성이 들리는 듯
미디어를 장식하고 있지만

(중략)

시냇가 버들개지 사이로 / 흐르는 물소리

[봄 소식, 일부]

III. 풍성한 가을은 고뇌한 날들의 결실

계절을 노래한 시편 중에 특히, 가을을 주제로 한 시들이
많고 마음을 끄는 것은 아마도 시인의 인생이 중년을 넘어
선 가을의 길에 들어서 부르는 노래들이라 그런 것 같다.

가을은 푸르른 시절을 뒤로하고 낙엽 지는 계절이다. 풋
열매들에 단맛을 주고 향기를 담아 결실을 보는 계절이다.
인생의 가을 또한 같다. 꿈 많던 청춘을 나라와 가족을 위
하여 불태우고, 어느 날 인생의 뒤안길로 밀려나는 느낌에
의기소침해지는 때이다.

낙엽 지는 계절이라 쓸쓸함과 허무감이 밀려오지만 한편

으로는, 삶의 반환점을 돌아 지금까지 걸어온 길을 돌아볼 수 있는 여유와 보람으로 미소 지을 수 있는 때이기도 하다.

지나온 삶이 힘들고 어려울 때도 많이 있었지만 그 굴곡의 언덕을 잘 넘어왔기에 오늘 내게 주어진 삶의 여유를 느낄 수 있는 것이다. 마치 무더운 여름날과 소나기 쏟아붓는 장마철이 있었기에 가을의 결실이 풍성하듯 고뇌의 날들이 있어 오늘 우리가 웃을 수 있는 것이 아닌가.

> 숨 가쁘게 달려온 발자취 / 힘든 고뇌의 여름날은
> 이젠 추억의 뒤안길 / 들녘의 오곡 백과
> 산야의 튼실한 열매 / 광주리 가득한 보람
> 빠알간 입술 위에 / 가을빛이 걸려 있다.
> [가을 4, 3연]

가을은 낙엽이 지고 열매를 딴다고 해서 모든 것이 끝나는 계절이 아니다. 그것은 어디까지 인간들의 생각일 뿐이다. 사실 나무들의 가을은 새로운 미래를 준비한 출발점이다.

가을이 시작하기 전부터 다음 해에 피울 잎과 꽃을 준비한다. 그것이 겨울눈이다. 그 작은 겨울눈에 온전한 꽃과 푸른 나뭇잎을 준비하고 당당히 계절을 사는 것이다. 그래서 '가을 들녘은 / 풍성한 잔치 / 신의 축복'이 되는 것이다.

나무들은 가을이 되면 단풍이 든다. 그것은 마치 가을에 피는 꽃처럼 아름답다. 그러나 실상은 아름답기 위해서 물드는 것이 아니라 자기의 생명을 희생하기 위한 눈물의 결단인 것이다.

나무가 추운 겨울을 잘 견딜 수 있게 하기 위해 나뭇잎에 남아 있는 수분과 양분을 줄기로 모두 보내고 나무본체와 단절을 하는 것이다. 그것이 나뭇잎에 생기는 떨켜이다.

새해에 더 무성한 잎을 펄럭이고 더 아름다운 꽃을 피워 풍성한 열매를 맺을 것을 확신하기에 낙엽은 저렇게 여유롭게 춤추며 내려올 수 있는 것이다.

인생을 한 바퀴 돌아온 나이라면 다니던 직장에서도 은퇴하여 물러서야 한다. 품에 끼고 살았던 자식들을 출가시켜 또 다른 나무로 살아가게 해야 한다. 그들의 미래를 봄, 여름 내내 준비해 주고 쓸쓸히 떠나는 것이 부모의 삶이다.

낙엽 지어 떨어진 나뭇잎은 어디로 가는가? 그것은 시린 나무의 발등상을 덮어 준다. 끝내는 썩어져 양분이 되어도 기쁜 것이다. 이것이 부모의 마음인 것이다.

깊어만 가는 심연의 가을날 / 감잎차 한잔에

세월을 녹이며 / 둥근 갈색 탁자에서

감잎을 만지며 / 사색에 잠겨 봅니다.

[가을 5, 2연]

인생의 여유, 삶을 관조하는 모습이 감나무 위에 붉게 물든 단풍빛 같다. 30여 년을 오직 한 길을 걸어 온 시인의 삶은 세상 그 누구의 삶보다 값지고 소중하다.

나는 손옥경 시인의 해맑은 웃음을 보며 그런 생각을 하곤 한다. '황홀한 사랑의 저녁 만찬을 위하여 / 그렇게 만추의 가을을 기다렸나 보다.'에서 그가 얼마나 자신의 삶에 대한 보람과 만족감을 갖고 있는가는 다음 시에서도 알 수 있다.

건강하게 여름을 난 나뭇잎이 단풍도 곱다. 한평생을 공직에서 성실을 다한 삶이었기에 오늘의 삶의 빛깔이 '붉게 물든 석양'처럼 저리 고운 것이다. 인생의 가을이 행복한 이유이다.

> 붉게 물든 석양 / 가을 향기 눈부신 들국화
> 이제는 벌과 나비 되어
> 내 안에 추억의 꽃이 되어 피어난다.
> [가을 풍경, 일부]

Ⅳ. 그리움의 원천, 고향과 어머니

손옥경 詩人의 고향은 산 좋고 물 맑은 진안 고원이다. 그곳은 섬진강과 금강이 발원되는 곳으로 옛날에는 심심산천이었다. 어쩌면 시인의 맑은 영혼과 순수한 시심은 고향의 영향이 컸을 것이다.

삭막한 시대에 도시인인 살아갈 수 있는 것은 마음 한 편에 돌아갈 고향이 있기 때문이라고 생각한다. 살다 보면 힘들고 어려울 때 문득 누군가의 품에 안겨 울고 싶을 때가 있다. 그것이 어머니의 품이요, 고향이다. 눈만 감으면 떠오르는 고향 풍경, 그 어린 시절의 풋풋한 꿈이 살아 나온다.

뛰놀던 교정 / 이팝나무 그늘가
흙먼지 풀풀한 신작로
빛바랜 사진 한 장 / 책 보자기 / 그리움의 신록이
광대봉에 걸려와
[고향, 일부]

지금은 먼지 풀풀 나는 신작로도 없다. 구불구불한 길도 산을 뚫어 곧게 만들었다. 능력 있는 현대인들이 시간의 경제를 살리기 위해 우리가 돌아갈 고향을 헤쳐 놓아 버렸다. 그런데도 우리는 눈을 감으면 그 아름다운 풍경이 절절하게 다가오지 않는가? 손옥경 시인의 고향을 노래한 시들은 고향을 떠난 나그네들의 마음인 것이다.

황금 벌판에 일어나 익어 오는 / 잎사귀에 이는 바람 소리

넘쳐나는 책갈피 사이마다 / 흐른 세월 접으며
여명으로 흐르는 / 귀뚜라미 울음소리
(중략)
코스모스 하늘거리는 / 동구 밖 언덕길
나에게는 꿈길 열어 주는
사랑과 회한이 서린 / 고향의 어머니입니다.
[가을에는, 일부]

　　나에게는 두 아들이 있다. 아들들에게 늘 미안하게 생각하는 것이 둘 있다. 그 중 하나가 고향을 주지 못한 것이다. 사랑하는 내 아들이 긴 인생 여정을 가는 동안 주저앉고 싶고 울고 싶을 때, 마음 둘 곳이 없으면 어떡하나. 그래서 늘 미안하다. 이 땅의 부모들이 아파해야 할 것은 자식에게 많은 유산을 물려주지 못한 것이 아니다. 그들이 우리처럼 마음 의지할 고향을 갖지 못하게 한 것이다. 유년의 꿈과 사랑이 담긴 고향은 자연의 순수함을 통한 위로와 용기를 준다. '국화 향기도 그립고 / 살찐 누렁이도 / 꼬리 치던 강아지도 / 초가지붕 위에 둥근 달과 탐스런 호박이' 두둥실 열린 모습을 알지도 못하고, 그리워할 수도 없는 아이들의 허한 마음을 무엇으로 채워 줄 수 있을까?

동구 밖 언덕길에 서서 / 산 구릉이 신작로 사이로

그림자 자취가 사라질 때까지 / 하염없이 서 있어

돌부처가 된 내 어머니

[어머니 2, 1, 2연]

　고향과 어머니는 동격이다. 언제나 넉넉한 품으로 기다려 주는 것이 같다. 힘들고 눈물 나는 날 가슴에 사무치는 것이 그렇다. 가난한 시절 제대로 먹이지도 가르치지도 못했다는 죄책감에 사로잡혀 사시던 우리들의 어머니. 외지로 떠나는 자식에 대한 애틋한 정을 어쩌지 못하여, 돌부처가 될 때까지 서서 바라보시던 어머니의 모습을 생각한다. 그때는 어머니의 그 지극하신 사랑을 깨닫지 못했는데 이제 부모가 되어 보니 후회가 된다. 부모의 곁을 떠나 먼 이국으로 유학을 떠나는 딸의 뒷모습을 보는데, 그때 등 뒤에서 눈물을 훔치시던 어머니가 보인다. 사랑하는 딸, 아직도 품에서 놓기가 아슬아슬한 딸을 멀리 보내 놓고, 새벽 하늘에 떠오르는 달을 볼 때까지 잠 못 이루는 것이 아버지의 마음이다. 이전에 내 어머니가 그러하시던 것처럼.

텅 빈 방을 보면서 / 하늘의 별을 본다.

하루가 일 년처럼 간절한 기도의 음성

이역만리 미국에도 / 새벽녘 동녘달이

떠오르고 있구나.

[유학, 일부]

　나이를 먹는다는 것은 떠나가는 것들을 슬픈 눈으로 바라보는 것일지도 모른다. 세상에서 내가 소중하게 여기고 열정을 다해 붙잡으려고 노력했던 모든 것도 언젠가 우리 곁을 떠나고 만다. 손잡고 함께 걷던 이들이 떠나는 것을 지켜본다. 쉽게 붙잡을 용기가 없기에 더 고독한 것이다. 인생에 가장 필요한 것은 동행이다. 긴 세월을 살아온 것 같지만 뒤돌아보니 찰나와 같다. 고독한 길이었기에 누군가 기댈 언덕이 더 절실한 계절이다. 시인은 그 언덕이 자연이요, 고향이요, 어머니라고 노래하고 있다.

중년의 고독이 나이테만큼 / 잠든 영혼 / 메아리 되어
빗장 걸린 마음을 / 열정으로 연다.
연륜으로 / 녹여내는 오후의 그림자
세월의 뒤안길 동행의 벗이 된다.
[동행, 3, 4연]

V. 자연과 인간의 소중함을 담은 시

　손옥경 詩人의 작품을 보면 자신의 일터 주변의 자연에 대한 시편이 많다. 일터가 있는 곳에 아름다운 자연과 사람들의 소곤거림과 이야기꽃이 피는 것을 통해 삶의 가치

를 추구하는 모습이 아름답다.

깊은 산 속에 보일락 말락 피어 있는 꽃 한 송이도 눈여겨 보는 그이기에 꽃의 마음을 읽고 그 소리를 듣게 되는 것이다.

은밀하게 피어 있는 솔체꽃을 만나서 보랏빛 음색으로 노래하는 소녀를 만나는 것도, 벚나무 밑에서 하강하는 선녀를 품에 안는 것도 시인의 행운이다.

너른 들판 깊은 속내 / 깊은 산 속 솔바람 따라
산기슭에 아담스레 피워 낸
(중략)
피어난 가을 보랏빛 청아한 소녀
[솔체꽃, 일부]

옷깃을 여미는 바람 소리 / 깊어 가는 입동에도
그대는 빨간 단풍의 머플러 / 휘이 감아 내어
사계절 변신의 그리움 불러 내린 고운 자태의 여인이여
[남천, 일부]

시인은 직장 근처에 있는 보라매공원의 사계절을 사랑하는 사람이다. 그곳에서 일어나는 소소한 생명의 소리와 변화의 움직임을 느끼며 현실의 삶에서 많은 위로를 받았을 것이다.

‘사계절 그림처럼 녹아드는 푸르름의 공원'에서 한여름 무더위를 식히는 분수의 음악 연주에서 땀을 식히고, 사시 사철 피어나는 꽃을 보면서 잃어버린 웃음을 되찾았을 것이다. ‘그래서 보라매공원은 늘 살아 있는 앙증스런 오월'이라고 노래하고 있는 것이다.

손옥경 시인은 위급한 상황에서 생명을 구조하는 소방관이다. 생명을 살리는 일은 때로는 내 생명을 담보로 하는 것이다. 우리는 화재 현장에서 시민을 구조하다 순직하는 소방관들의 아픈 사연을 많이 보았다. 여기에 생사고락을 같이 하던 동료를 떠나 보낸 시인의 아픈 마음을 볼 수 있다. 살신성인의 정신 없이는 설 수 없는 곳에서 전설처럼 목숨을 바친 동료를 그리워하는 마음, 직업이 생활의 방편이 아닌 소명(召命)임을 알게 한다.

꽃으로 산화한 그대
그 영혼이 잠시 머물다가 스러져 간
이슬방울처럼 / 못 다한 생
불꽃으로 일렁이는 정글의 현장 / 살신성인
그대는 우리의 가장 멋진 동료 / 빠알간 장미꽃처럼
우리 소방의 등불
양지바른 이곳 현충원 / 그대 모습 영원히 기억하리니
[그대를 떠나 보낸 지가 엊그제인데, 일부]

살아가는 데 가장 활력이 되는 것이 있다면 그것은 그리움이요, 사랑이다. 그리움은 사랑과 맞닿아 있다. 그 많은 사람들이 그 긴 세월을 노래하고 노래해도, 또 노래할 수밖에 없는 영원한 시의 주제요, 목마름이다.

그리움은 설렘을 갖게 한다. 누군가를 기다리고 그리워하는 것은 살아가게 하는 원동력이요, 가슴을 뛰게 하는 설렘은 살아 있다는 증거다.

시인의 목마름은 '바닷물을 마시는 것과 같다.' 목이 말라 허겁지겁 마셨는데 마시면 마실수록 갈증이 심해지는 바닷물이 시인의 그리움이다.

이루지 못할 사연 / 둥근 달빛 마음으로
하염없이 / 기다려 본다네
[그리움의 세월, 일부]

VI. 나가면서

손옥경은 순수시를 지향하는 서정 시인이다. 시를 잘 쓰려고 기교를 부리지 않고 눈에 보이고 마음에 닿는 사물과 현상을 순박한 언어로 표현한다.

그것이 그의 삶이요, 순수한 표현이기에 읽는 이들에게 감동을 주는 것이다. 공직에 있으면서, 그것도 촌각을 다투는 극한 상황을 겪어야 하는 소방관으로서 시를 쓴다는 것은 쉬운 일이 아니다. 아름다운 유년의 추억과 어떠한 상황에서도 마음을 붙들어 주는 고향과 어머니가 없다면 불가능한 일이다. 자연을 소중히 여기고 인연을 아름답게 가꾸어 가려는 노력이 없다면 어려운 일이다.

시인은 서문에서 사계절을 '신이 주신 즐거운 선물'이라고 했으며, 자연은 인생의 거울이 되는 살아 있는 배움터라고 말하고 있다.

인생을 한 바퀴 돌아 또 다른 삶을 준비하는 이때에 좀 더 여유를 갖고 그동안 바빠 놓쳤던 일들을 챙기면서 남은 생을 은은한 기쁨과 감사의 색감으로 채색해 나가길 바란다.

선택받은 자들만이 향유할 수 있는 공직의 정년퇴임을 진심으로 축하하며, 오늘의 시심을 행복한 동행으로 아름다운 미래를 꿈꾸며 나가길 바란다.

숲해설가, 예띠 시낭송 회장 이춘원

마음에 고운
별이 쏟아지고

초판 1쇄 찍은날 2015년 12월 10일
초판 1쇄 펴낸날 2015년 12월 30일

글 손옥경
펴낸이 서경석
책임편집 류미진
마케팅 서기원, 권병길
관리, 제작 서지혜, 이문영
디자인 박보라

펴낸곳 청어람M&B
출판등록 2009년 4월 8일(제313-2009-68)
주소 경기도 부천시 원미구 부일로 483번길 40 (우)14640
전화 032)656-4452
팩스 032)656-4453
전자우편 juniorbook@naver.com

ISBN 979-11-86419-22-9 03810

ⓒ 손옥경, 2015

이 도서의 국립중앙도서관 출판예정도서목록(CIP)은 서지정보유통지원시스템
홈페이지(http://seoji.nl.go.kr)와 국가자료공동목록시스템(http://www.nl.go.kr/
kolisnet)에서 이용하실 수 있습니다.(CIP제어번호: CIP2015033657)